Du CM1 au CM2

9/10 ans

Passeport

N°1 des cahiers de vacances

Claire BARTHOMEUF

Jacques CHANTEUX

Anglais

Xavier KNOWLES

W0380226

Direction pédagogique : Bernard Jenner
Conception des pages d'activités : Blandine Debriffe

hachette
ÉDUCATION

Passeport, c'est :

16 séquences pour réviser l'essentiel

Des autocollants récompenses pour motiver, encourager et récompenser l'enfant. À coller ici lorsque la séquence est finie !

Lecture
Un **texte** illustré et des exercices de **compréhension**

Français
Des exercices d'**orthographe,** de **grammaire** ou de **conjugaison**

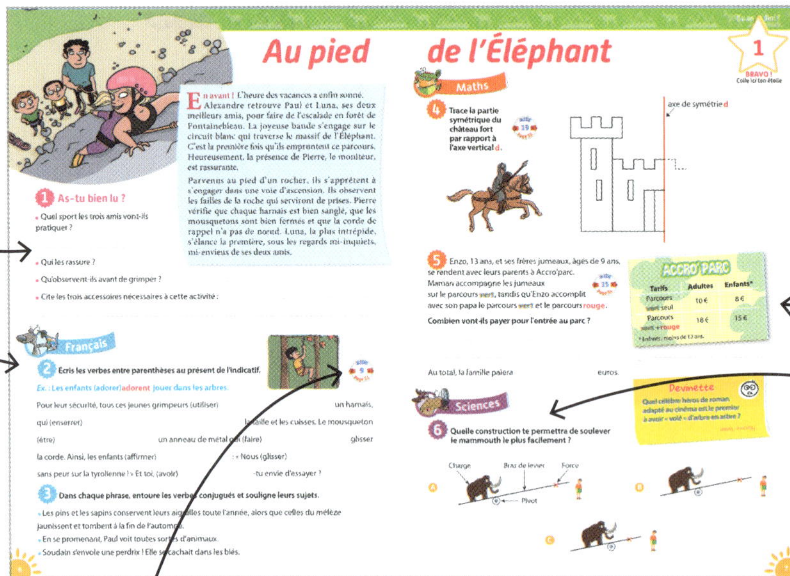

Mathématiques
Des exercices de **calcul,** de **géométrie** ou de **mesures**

Histoire - EMC
Géographie
Sciences
Technologie

AIDE 1 Page 50
Pour un coup de pouce, l'enfant se reportera à l'**aide** indiquée (**rappel de cours** situé dans l'aide-mémoire)

Des jeux d'anglais et des activités récréatives

Des **jeux** ou des **bricolages** facilement réalisables, à faire seul(e) ou en famille

Des **jeux d'anglais** pour réviser tout en s'amusant !

PISTE 1
Tout l'anglais des jeux est à écouter sur notre site
www.parascolaire.hachette-education.com

Des **activités ludiques** et **documentaires** pour s'amuser en vacances

Sommaire

Un aide-mémoire

AIDE 1 Page 50

Des **rappels de cours** numérotés, regroupés par matières.
Dans les séquences, les bouées numérotées renvoient à l'aide-mémoire.

AIDE-MÉMOIRE

Français

AIDE 1 – Les homonymes

- Ou (sans accent) est une conjonction de coordination qu'on peut remplacer par ou bien.
  Ex. : Vas-tu à la mer ou (ou bien) à la montagne ?
- Où (avec accent) indique une direction ou un moment.
  Ex. : Où vas-tu ?
- A (sans accent) est le verbe avoir conjugué à la 3e personne du singulier du présent. On peut le remplacer par l'imparfait avait.
  Ex. : Pierre a faim. → Pierre avait faim.
- À (avec accent) est une préposition invariable.
  Ex. : Il pense à ses amis.
- Est est le verbe être conjugué à la 3e personne du singulier du présent. On peut le remplacer par l'imparfait était.
  Ex. : Pierre est frigorifié. → Pierre était frigorifié.
- Et est une conjonction de coordination. On peut la remplacer par et puis.
  Ex. : Ils portent des bottes et (et puis) des gants.

AIDE 2 – Le féminin des noms et des adjectifs

Un invité → une invitée
Un musicien → une musicienne
Un boulanger → une boulangère
Un directeur → une directrice
Petit → petite
Heureux → heureuse
Captif → captive

AIDE 3 – Le pluriel des noms

Un chien → des chiens
Un clou → des clous
Attention ! des bijoux, des cailloux
Un travail → des travaux
Attention ! des rails
Un cheval → des chevaux
Attention ! des bals, des carnavals

AIDE 4 – L'accord dans le groupe nominal

- L'adjectif qualificatif s'accorde toujours en genre (masculin ou féminin) et en nombre (singulier ou pluriel) avec le nom qu'il accompagne.
  Ex. : Ma petite sœur.
  Dans un accord, le masculin l'emporte toujours sur le féminin.
  Ex. : Mon frère et ma sœur sont petits.
- L'adjectif peut aussi être attribut du sujet. Il est alors séparé du nom qu'il accompagne par un verbe d'état (être, paraître, sembler).
  Ex. : Cet homme paraît vieux.

AIDE 5 – Le participe passé en -é ou infinitif en -er ?

- Pour savoir s'il faut écrire -é (terminaison du participe passé) ou -er (terminaison de l'infinitif) à la fin d'un verbe, on peut s'aider en remplaçant le verbe en -er par un verbe en -ir ou en -dre.
  Ex. : Il a mangé deux assiettes de spaghettis. → Il a englouti deux assiettes de spaghettis.
  Il va manger une glace. → Il va prendre une glace.
- Attention, quand on écrit le participe passé en -é, il faut aussi penser à l'accorder.
  Ex. : Elles sont venues à la maison.

50

EN PLUS !

Un livret détachable au centre du cahier

Le coin des parents

Des conseils pour bien utiliser le cahier Passeport (quand, comment et à quel rythme)

Les corrigés détaillés

Tous les corrigés des séquences et des activités, accompagnés de nombreux conseils pédagogiques

Sommaire détaillé des notions révisées

Français

Vocabulaire/Expression

Grammaire

Conjugaison

Orthographe

Histoire - Géo EMC

Histoire

Géographie

Enseignement moral et civique

Sciences et technologie

Maths

Anglais

Jeux et activités

Maquette intérieure et couverture : Mélissa Chalot
Illustration de couverture : Alain Boyer
Illustrations intérieures : Anne-Olivia Messana (sauf mention contraire)
Conception des pages d'activités pp. 16-17 (sauf illustration p. 17), 28-29 (sauf illustration de l'enfant p. 28), 42-43 (sauf illustration de l'enfant p. 43) : Blandine Debriffe

Domino : illustrations techniques pp. 7, 9, 10, 19, 21, 39, 41
Philippe Chauvet : illustrations pp. 11 (sauf les chips et la courgette), 15 (rébus), 19 (rébus), 39 (rébus), 53
Ron Leishman : illustration du nom des matières (Shutterstock) et pp. 52 et 56
Laurent Rullier : pp. 27, 31 (illustration ex. 3)
Pictogramme des parcs nationaux : p. 31
Hachette Éducation : carte p. 40

Mise en pages : Médiamax
Édition : Jeanne Mauboussin

Crédits photographiques
Shutterstock © : p. 8, 10 (drapeaux), 11 (animaux, chips, courgette), 14, 18, 20, 22, 23, 24, 25 (schéma du cycle de l'eau), 1 et 2 (guide parents), 33, 34, 36, 37, 38, 39, 44, 45, 46, 47, 48
© Akg-images / Horizons / Ton Koene : p. 20
© Photothèque Hachette / D.R. : p. 13

www.parascolaire.hachette-education.com

ISBN 978-2-01-714787-9

© HACHETTE LIVRE 2021, 58, rue Jean-Bleuzen, CS 70007, 92178 Vanves CEDEX
Tous droits de traduction, de reproduction et d'adaptation réservés pour tous pays.

Au pied

En avant ! L'heure des vacances a enfin sonné. Alexandre retrouve Paul et Luna, ses deux meilleurs amis, pour faire de l'escalade en forêt de Fontainebleau. La joyeuse bande s'engage sur le circuit blanc qui traverse le massif de l'Éléphant. C'est la première fois qu'ils empruntent ce parcours. Heureusement, la présence de Pierre, le moniteur, est rassurante.

Parvenus au pied d'un rocher, ils s'apprêtent à s'engager dans une voie d'ascension. Ils observent les failles de la roche qui serviront de prises. Pierre vérifie que chaque harnais est bien sanglé, que les mousquetons sont bien fermés et que la corde de rappel n'a pas de nœud. Luna, la plus intrépide, s'élance la première, sous les regards mi-inquiets, mi-envieux de ses deux amis.

1 As-tu bien lu ?

- Quel sport les trois amis vont-ils pratiquer ? L'esqualade
- Qui les rassure ? L'adulte
- Qu'observent-ils avant de grimper ? Si l'adulte tien la corde
- Cite les trois accessoires nécessaires à cette activité : Le casque, chaussure, et une corde.

Français

2 Écris les verbes entre parenthèses au présent de l'indicatif.

AIDE 9 Page 51

Ex. : Les enfants (adorer) adorent jouer dans les arbres.

Pour leur sécurité, tous ces jeunes grimpeurs (utiliser) utilise un harnais, qui (enserrer) enserre la taille et les cuisses. Le mousqueton (être) ète un anneau de métal qui (faire) fais glisser la corde. Ainsi, les enfants (affirmer) affirme : « Nous (glisser) glisons sans peur sur la tyrolienne ! » Et toi, (avoir) à -tu envie d'essayer ?

3 Dans chaque phrase, entoure les verbes conjugués et souligne leurs sujets.

- Les pins et les sapins conservent leurs aiguilles toute l'année, alors que celles du mélèze jaunissent et tombent à la fin de l'automne.
- En se promenant, Paul voit toutes sortes d'animaux.
- Soudain s'envole une perdrix ! Elle se cachait dans les blés.

de l'Éléphant

Maths

4 **Trace la partie symétrique du château fort par rapport à l'axe vertical d.**

AIDE 19 Page 55

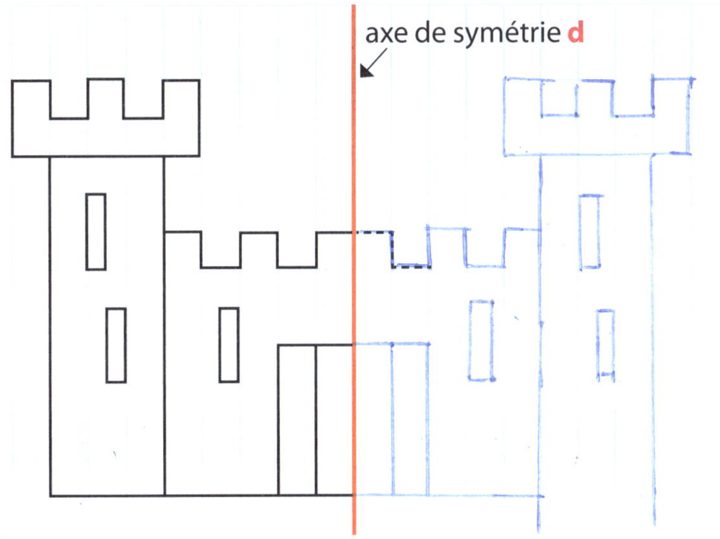

5 Enzo, 13 ans, et ses frères jumeaux, âgés de 9 ans, se rendent avec leurs parents à Accro'parc. Maman accompagne les jumeaux sur le parcours **vert**, tandis qu'Enzo accomplit avec son papa le parcours **vert** et le parcours **rouge**.

AIDE 15 Page 54

ACCRO'PARC

Tarifs	Adultes	Enfants*
Parcours **vert** seul	10 €	8 €
Parcours **vert** + **rouge**	18 €	15 €

* Enfants : moins de 12 ans.

Combien vont-ils payer pour l'entrée au parc ?

Enzo et papa 31€. Maman et les Jumeaux 26€. Au total 57€

Au total, la famille paiera 57€ euros.

Devinette

Quel célèbre héros de roman adapté au cinéma est le premier à avoir « volé » d'arbre en arbre ?

Réponse : Tarzan.

Sciences

6 **Quelle construction te permettra de soulever le mammouth le plus facilement ?**

A
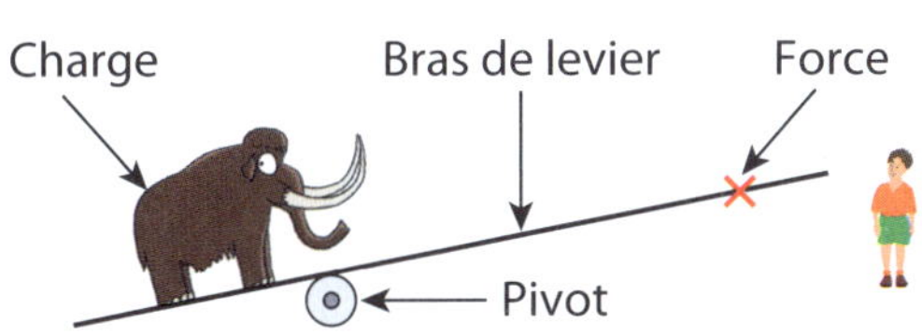

B
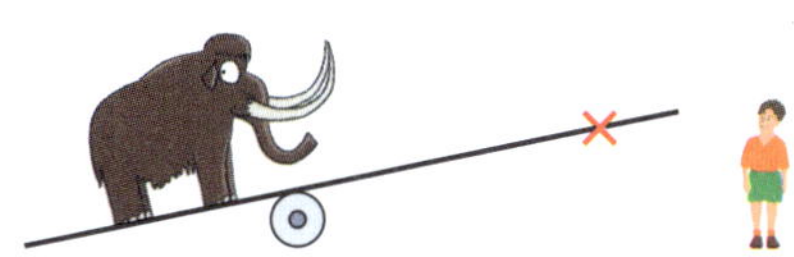

C

Le macareux

Surnommé « le perroquet de mer », le macareux moine a l'apparence d'un petit pingouin aux yeux de clown cernés d'orange. Il a aussi un énorme bec rayé verticalement de bleu-noir, de jaune et d'orange vif. Pour capturer les poissons, le macareux moine se propulse avec ses ailes et non avec ses pattes palmées. Il vole littéralement sous la surface de l'eau. Il niche dans un trou qu'il creuse lui-même avec ses pattes et son bec ou dans un terrier abandonné par les lapins. La femelle pond au mois de mai un seul œuf qui éclot quarante jours plus tard. Au bout de cinquante jours, le bec devient arc-en-ciel et le jeune macareux moine prend son envol du nid familial souterrain.

As-tu bien lu ?

1 Complète la grille grâce aux définitions.

- A Nom donné à ce macareux.
- B Mois où a lieu la ponte.
- C Nombre de jours s'écoulant entre la ponte et l'éclosion.
- D Un des lieux où il peut faire son nid.
- E Couleur cernant les yeux du macareux.

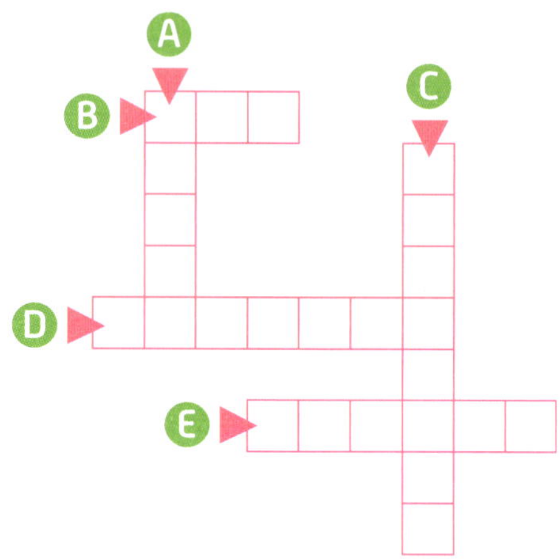

Français

2 Complète les phrases avec à (préposition) ou a (verbe *avoir* à la 3e personne du singulier du présent).

AIDE 1 Page 50

Ex. : La météo a prévu un coup de vent à cinq heures.

- Les bateaux .... voiles sont rentrés pour se mettre .... l'abri.
- Le marin .... renoncé .... prendre la mer.
- Toute la journée, la tempête .... soufflé et .... obligé les estivants .... rester enfermés.

3 Relie ces mots de la famille de mer à leur définition.

mouvement de la mer montante ou descendante •	• dune maritime
homme habile dans l'art de la navigation •	• sel marin
colline de sable située en bord de mer •	• marée
obtenu par évaporation de l'eau de mer •	• marin

moine

Blague

Quel animal à tentacules vit dans l'eau sans jamais se mouiller ?

Réponse : la seiche.

Maths

4 **Calcule sans poser l'opération, puis colorie le dessin en fonction des résultats.**

56 × 5 = 280 (rouge)
25 × 10 = 250 (violet)
430 + 179 = 609 (jaune)
25 × 4 (orange) = 100
150 × 3 (bleu) = 450
121 (gris) × 4 = 484

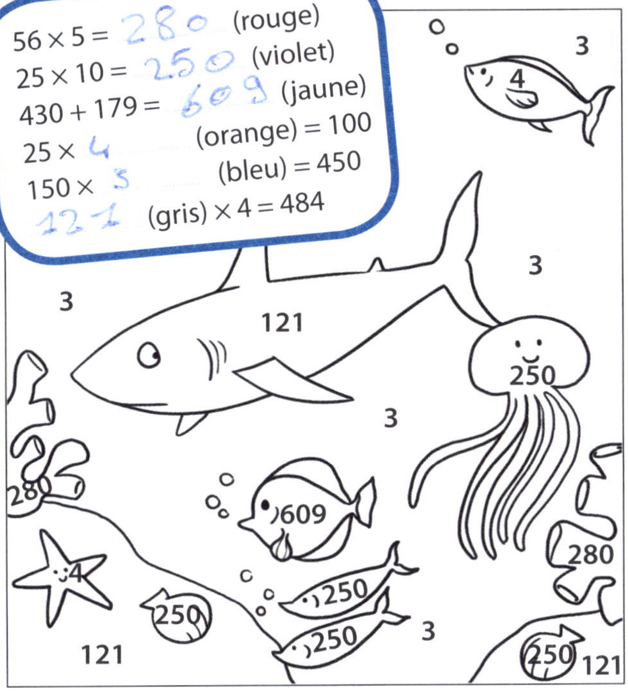

5 Paul et sa sœur Lisa ont décidé de préparer le repas. Ils achètent 300 g de crevettes, 1/2 kg de palourdes et 3 kg de moules.

AIDE 15 Page 54

• Combien dépensent-ils ? ……………………

……………………

Ils donnent 20 euros au poissonnier.

• Combien leur rend-il ? ……………………

……………………

Géographie

6 **Indique sur la carte la lettre correspondant à chaque mer ou océan.**

A océan Atlantique
B océan Pacifique
C océan Indien
D océan glacial Arctique
E mer Méditerranée
F mer du Nord
G océan glacial Antarctique

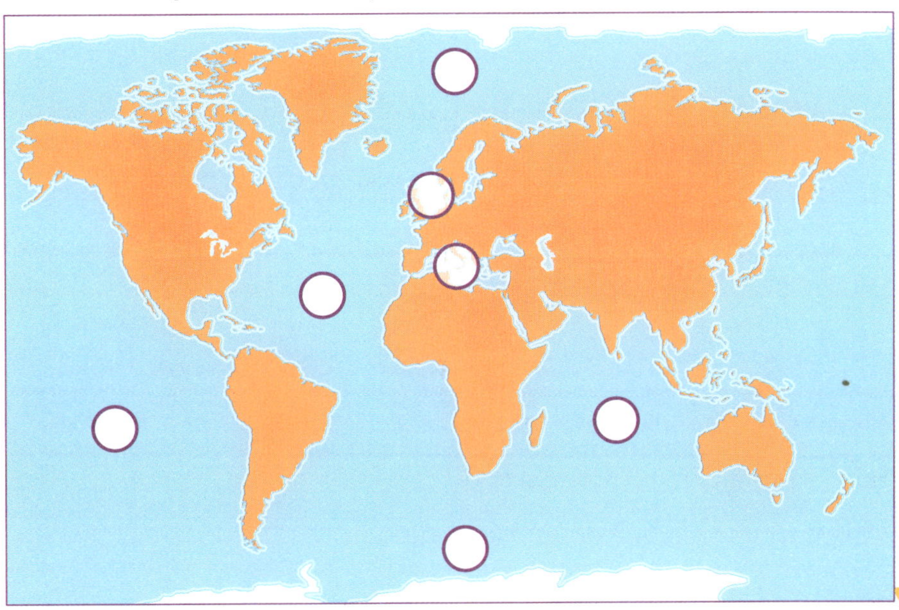

JEUX d'anglais

English
Ici, on parle

1 Où parle-t-on anglais ?

Indique sur la carte le numéro de ces pays où on parle anglais :

1 Canada 2 The United Kingdom 3 The United States of America

4 Australia 5 South Africa (Afrique du Sud) 6 New Zealand (Nouvelle-Zélande)

2 À chaque drapeau ses couleurs. Coche les bonnes réponses.

- **What colours are on the flag of Ireland?**

Orange ☐ Blue ☐ Green ☐

- **What colours are on the flag of Malta?**

Brown ☐ Red ☐ White ☐

- **What colours are on the flag of India?**

Yellow ☐ Green ☐ Orange ☐

spoken!
anglais !

PISTE 1
Écoute l'anglais de ces jeux sur notre site
www.parascolaire.hachette-education.com

3 À quel pays suis-je associé ?

Écris sous chaque animal le pays dont il est le symbole :
The United Kingdom – Australia – New Zealand – The United States of America (U.S.A.).

Kangaroo

....

Eagle

....

Kiwi

....

Lion

....

4 À table ! Relie entre eux les mots de même sens.

British English*	American English*	French
chips •	• eggplant •	• bonbons 
courgette •	• potato chips •	• chips 
crisps •	• french fries •	• courgette 
sweets •	• cookie •	• frites 
aubergine •	• candies •	• biscuit 
biscuit •	• zucchini •	• aubergine 

* British English : anglais de Grande-Bretagne ; American English : anglais d'Amérique du Nord.

Maudit

Avis de recherche
Jean Bart

Né en France à Dunkerque
en octobre 1650.
En activité depuis 1673 en mer du Nord.
Signalement : gredin chaleureux,
rarement vu sans sa pipe.
Recherché pour le pillage de navires
anglais et hollandais dont il livrait
le butin au peuple affamé de Paris.
Anobli par Louis XIV en 1694.
Aurait été vu pour la dernière fois
dans une barque, ramant pour quitter
l'Angleterre et rejoindre la France...

As-tu bien lu ?

1 Coche les bonnes réponses.

- Jean Bart commence son métier de corsaire :

☐ à 23 ans. ☐ à 50 ans. ☐ à 73 ans.

- On le reconnaît :

☐ à sa barbe noire.
☐ à son bandeau sur l'œil.
☐ à sa pipe.

- Il pille les navires :

☐ en mer des Caraïbes.
☐ en mer Méditerranée.
☐ en mer du Nord.

2 Jean Bart est un célèbre corsaire. **Écris le nom :**

- de sa ville natale : ....
- de son pays d'origine : ....

Anagrammes

Retrouve le nom de ces trois ports français en remettant les lettres dans l'ordre.

kerquedun – sarmeille – sterb

Réponses : Dunkerque, Marseille, Brest.

Français

3 Complète les phrases avec ou ou bien où.

AIDE 1 Page 50

Ex. : Où navigue Jean Bart : dans la Manche ou en mer du Nord ?

.... est né ce corsaire ? Il est né à Dunkerque .... il est considéré comme un héros.

Il pillait les navires anglais .... hollandais. .... a-t-il été vu pour la dernière fois :

enchaîné à un mât .... ramant à bord d'un canot ?

4 Écris ces noms au féminin.

AIDE 2 Page 50

le prince → ....
un Anglais → ....
le navigateur → ....
un Parisien → ....
son cuisinier → ....

5 Écris ces noms au pluriel.

AIDE 3 Page 50

le bateau → ....
un amiral → ....
la bataille → ....
un mât → ....
ce canon → ....

corsaire !

Le sais-tu ?
Le corsaire est au service du roi alors que le pirate est un hors-la-loi.

Tu as fini ?
3
BRAVO !
Colle ici ton étoile

Maths

6 Calcule les produits et colorie le dessin du pirate Barbe-Noire.

AIDE 15 Page 54

Chaque résultat correspond à une couleur :

- 30 = marron
- 40 = rouge
- 42 = gris
- 48 = vert

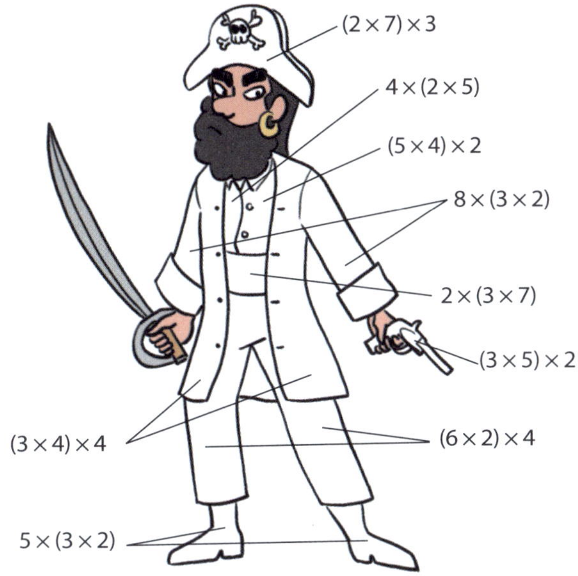

7 Une voile rectangulaire, de 9 m de large sur 12 m de long, du navire de Barbe-Noire s'est déchirée au cours d'une tempête.

AIDE 20 Page 55

Aide le pirate à commander du tissu neuf en calculant le périmètre et l'aire de sa voile.

- Le périmètre de sa voile : ....
- L'aire de sa voile : ....

Histoire

8 Ils ne craignaient pas les pirates !

Relie chaque navigateur à son expédition.

Magellan •

Jacques Cartier •

Christophe Colomb •

Vasco de Gama •

• découvre l'Amérique (1492).

• atteint l'Inde par le cap de Bonne-Espérance (1498).

• fait le tour du monde et donne son nom à un détroit (1519-1521).

• aborde au Canada (1534-1535).

L'homme

Des incendies naturels (orages, coulées de lave, feux de forêts) sont sans doute à l'origine de la découverte du feu par l'homme, il y a environ 500 000 ans.

L'homme dut tout d'abord trouver le moyen de le conserver, avant de savoir l'obtenir par le frottement de morceaux de bois ou en frappant du silex contre une pierre ferrugineuse*.

Rapidement, l'*Homo erectus*** creusa des cuvettes dans le sol afin d'y aménager des foyers protégés par des petits murets de pierres. Lorsque le bois venait à manquer, l'os servait de combustible.

* ferrugineuse : contenant du fer. ** *Homo erectus* : « l'homme debout ».

As-tu bien lu ?

1 Coche les bonnes réponses.

- L'*Homo erectus* obtient le feu par :

☐ le frottement de morceaux de bois. ☐ le frottement de cordes. ☐ la frappe de silex.

- Il conserve le feu dans :

☐ des cages en bois. ☐ des assiettes. ☐ des foyers creusés dans le sol.

- Son combustible est : ☐ le bois. ☐ le charbon. ☐ l'os.

Français

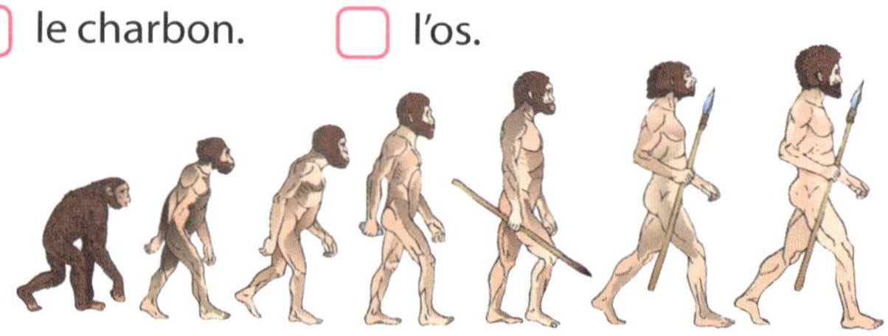

2 Écris chaque verbe entre parenthèses au présent de l'indicatif. AIDE 9 Page 51

- Le feu, allumé par les hommes, (prendre) .... rapidement.
- Les éléphants affolés (aller) .... vers les marécages.
- « Ainsi, nous (éviter) .... les flammes », (penser) ....-ils.
- Les chasseurs (brandir) .... leurs lances vers un animal épuisé.

3 Souligne les compléments circonstanciels, puis réécris les phrases en les déplaçant. AIDE 7 Page 51

Ex. : Les animaux s'endorment à l'ombre d'un arbre.
→ À l'ombre d'un arbre, les animaux s'endorment.

- La grotte de Lascaux a été découverte en Dordogne en 1940.

....

- Sur ses parois, les premiers artistes ont dessiné plus de 600 animaux.

....

et le feu

Tu as fini ?

4

BRAVO !
Colle ici ton étoile

Maths

4 **Écris en chiffres les nombres suivants.**

AIDE 13 Page 53

- vingt-mille : ....
- trois-cent-mille : ....
- cinq-cent-cinquante-mille : ....
- trente-trois-mille : ....
- quatre-cent-quarante-mille : ....
- huit-millions : ....
- trente-cinq-millions : ....
- mille-sept-cent-vingt-six : ....
- huit-cent-quarante-trois : ....
- mille-neuf : ....

5 **Colorie d'une même couleur les animaux dont les nombres sont identiques.**

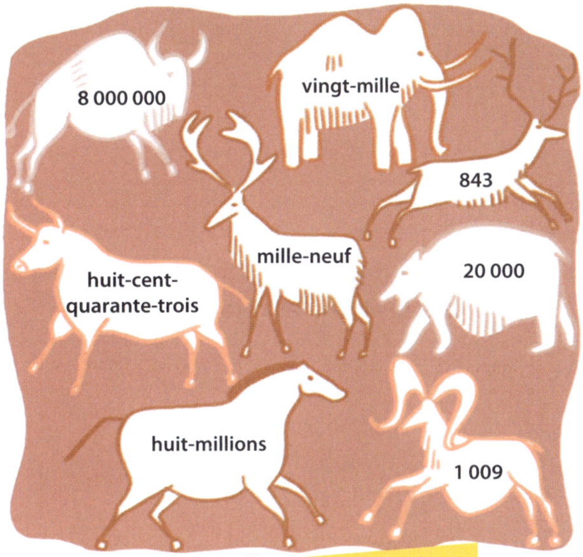

Rébus

L'une de nos plus vieilles ancêtres !

Réponse : Lu – scie → Lucy.

Histoire

L'homme à travers les âges

6 **Relie chaque période de l'histoire au personnage et au lieu correspondants.**

Charlemagne	Louis XIV	l'homme de Tautavel	François Ier	Jules César
Préhistoire	Antiquité	Moyen Âge	Renaissance	Absolutisme
Versailles	Lascaux	Aix-la-Chapelle	Rome	le château de Chambord

Des gestes

LE TRI SÉLECTIF

Parmi tous ces déchets, certains se recyclent et d'autres pas.
Les déchets recyclables doivent être triés en fonction de leur matière.
Colorie seulement les déchets recyclables, en utilisant la couleur de la poubelle où tu dois les jeter.

Solution du jeu page 8 des corrigés.

pour la planète

IL TE FAUT
Des grands sacs-poubelle solides (100 L)

Jeu de plein air

Course en sac

La course peut se jouer en individuel ou par équipes.

1. Trace dans le sable un parcours, avec une ligne de départ et une ligne d'arrivée.
2. Les joueurs, dans leur sac, se mettent en rang sur la ligne de départ et s'élancent au signal.
3. Le premier joueur qui franchit la ligne d'arrivée a gagné.
4. Par équipes (de 2 ou 3), le jeu consiste à faire un aller-retour, puis à échanger le sac avec le joueur suivant jusqu'au dernier joueur. Tu peux compliquer le jeu en disposant des objets sur le parcours (bouteille plastique, boîte en carton, etc.) que les joueurs doivent ramasser avant de franchir la ligne d'arrivée.

En fin de journée, utilisez les sacs restants pour ramasser les déchets laissés sur la plage.

INFO

Le recyclage, ça sert à quoi ?

Le recyclage des déchets permet :
- de fabriquer des vêtements, d'autres objets ;
- de réduire la pollution en produisant moins ;
- de préserver nos ressources et les matières naturelles.

Le jeu des bons gestes

Barre les actions qui n'aident pas notre planète.

1. Je prends un bain plutôt qu'une douche.
2. Je trie ce que je jette.
3. J'éteins la radio.
4. Je laisse couler l'eau en me lavant les dents.
5. J'écris sur du papier recyclé.

Solution du jeu page 8 des corrigés.

ASTUCE !

Au lieu de jeter, transforme :

1. les pots de confiture en pots à crayons ;
2. les boîtes de conserve en jeu de chamboule-tout ;
3. les bouteilles en verre en chandeliers…

L'avion

L'avion Solar Impulse 2, qui ne fonctionne qu'à l'énergie solaire, a bouclé un tour du monde sans carburant !

Pour voler de jour comme de nuit, ses ailes étaient équipées de quelque 17 000 cellules photovoltaïques, qui alimentaient une batterie et permettaient une vitesse moyenne de 80 km/h.

Bertrand Piccard et André Borschberg ont piloté cet avion en fibres de carbone, dans un cockpit de 3,8 m^2, avec un seul siège aux commandes, sans air climatisé ni chauffage, mais équipé de bouteilles d'oxygène et d'un coin toilettes.

Parti d'Abou Dhabi, capitale des Émirats arabes unis, en mars 2015, cet avion a couvert plus de 42 000 km en 17 étapes, traversant quatre continents avant de revenir à son point de départ le 26 juillet 2016.

1 As-tu bien lu ?

- Cet avion fonctionne grâce à l' .... qui est captée par des .... photovoltaïques.
- La vitesse moyenne était de ....
- Le voyage a été divisé en .... étapes.
- Le point de départ et d'arrivée était ....

Français

2 Accorde l'adjectif entre parenthèses avec chacun des noms.

AIDE 4 Page 50

Ex. : (bleu) → un ciel bleu → des océans bleus

- (immense) → un espace ....
  → des étendues ....
- (spatial) → un vaisseau ....
  → des stations ....
- (élevé) → un sommet ....
  → une altitude ....
- (nouvel) → un .... élément
  → de .... matériaux

3 Trouve le nom de la même famille que l'adjectif (attention aux suffixes).

Ex. : beau → la beauté

- haut → ....
- immense → ....
- nouveau → ....
- léger → ....
- puissant → ....
- long → ....

zéro carburant !

Maths

4 Complète en suivant les indications. AIDE 14 Page 53

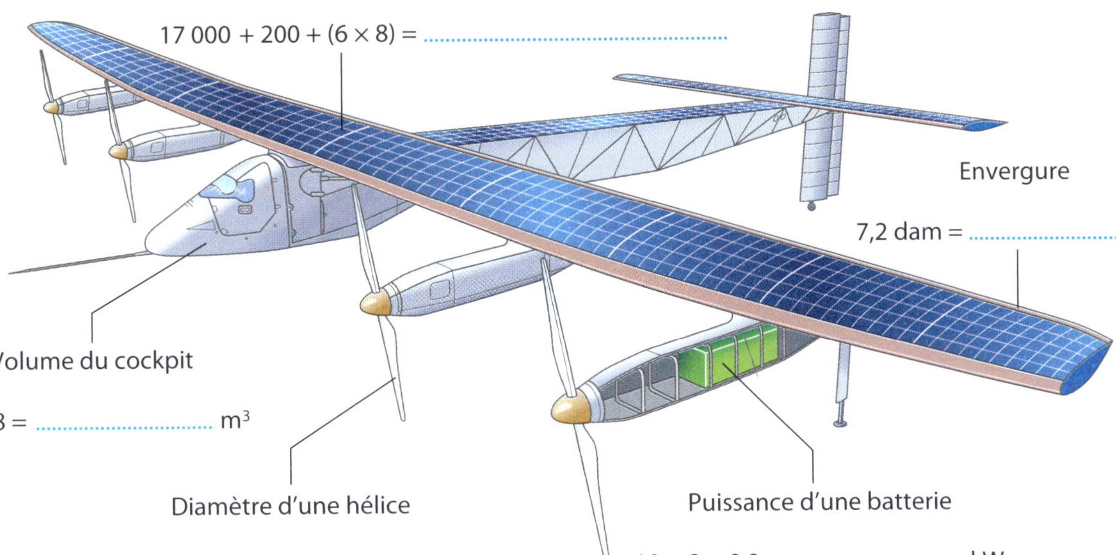

Rébus

Réponse : la – fusée – A – riz – âne → la fusée Ariane.

Géographie

5 Fais atterrir chaque lettre sur le bon aéroport.

- A Aéroport de Bordeaux
- B Aéroport de Lyon
- C Aéroport de Nantes
- D Aéroport de Strasbourg
- E Aéroport de Lille
- F Aéroport de Brest
- G Aéroport de Marseille
- H Aéroport de Paris
- I Aéroport d'Ajaccio
- J Aéroport de Toulouse
- K Aéroport de Martinique
- L Aéroport de Guyane
- M Aéroport de La Réunion

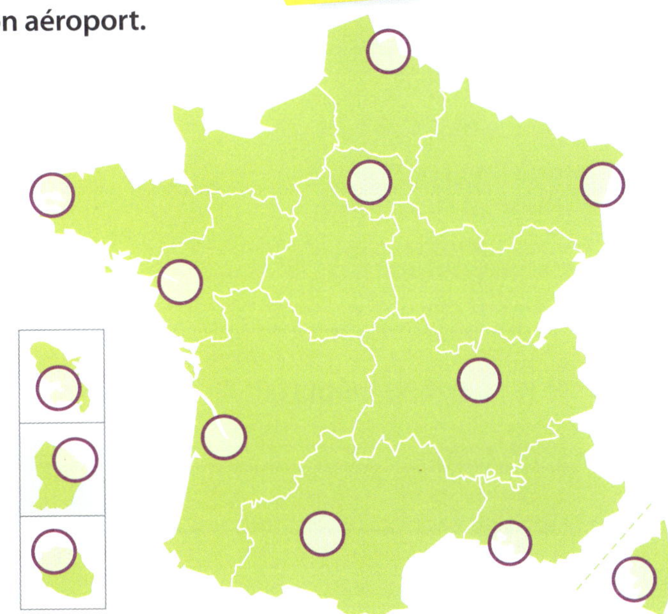

À l'aise

Les Inuits vivaient au nord de l'Arctique canadien, entre l'Alaska et l'est du Groenland. Selon la tradition, ils portaient des parkas constituées de deux couches de peau de caribou cousues entre elles : la première se portait contre la peau, la seconde à l'extérieur, créant une excellente protection contre le froid. Les intestins de phoque et de morse étant imperméables, les Inuits les vidaient, les nettoyaient, les faisaient tremper et sécher pour faire des vêtements résistant à l'eau et à la neige. Avec la peau et la fourrure des animaux, ils faisaient des couvertures, des tentes et des bateaux.

L'arrivée de nouvelles populations et les nouvelles technologies ont apporté des changements. Le kayak moderne est désormais souvent fait de fibre de verre. La motoneige a remplacé le traîneau à chiens.

As-tu bien lu ?

1 Complète la grille grâce aux définitions.

- **A** Région nordique.
- **B** Pôle au climat glacé.
- **C** Tombe en flocons l'hiver.
- **D** Animal dont la peau servait à faire des parkas.
- **E** Habitants du Grand Nord canadien.
- **F** Habitation fabriquée avec la peau des animaux.

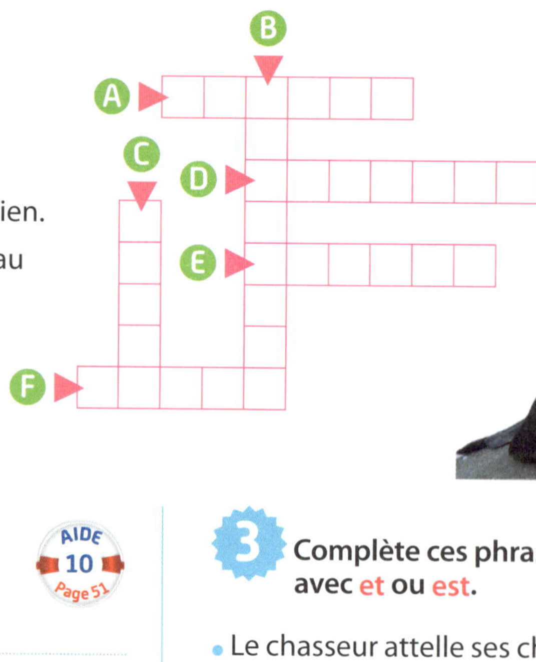

Français

2 Conjugue les verbes entre parenthèses à l'imparfait.

AIDE 10 Page 51

- Le chasseur inuit (porter) .... des vêtements qui le (protéger) .... des pires froids.
- Les femmes (décorer) .... les bottes de broderies.
- La mer (fournir) .... la plupart des aliments.

3 Complète ces phrases avec et ou est.

AIDE 1 Page 50

- Le chasseur attelle ses chiens au traîneau .... se prépare à partir.
- C' .... l'été, ... le soleil ne disparaîtra pas, même la nuit.
- Il .... prudent .... s'assurera de ne pas les épuiser !

dans sa peau

6
BRAVO !
Colle ici ton étoile

Maths

4 **Calcule chacune de ces opérations, puis colorie cette scène au pays des Esquimaux en fonction des résultats.**

AIDE 14 Page 53

13,25 + 4,25 = ... (jaune)
18 × 2 = ... (vert)
16 : 4 = ... (bleu)
(5 × 2) + 1,86 = ... (rouge)
28 + 15 = ... (gris)

Sciences

Les saisons sur Terre, merci au Soleil !

Devinette

Quel autre terme désignant les Inuits a donné son nom à une glace ?

Réponse : l'Esquimau (ou Eskimo).

5 **Observe le schéma, puis complète le texte grâce aux mots ci-dessous. Attention ! Il y a des mots de cette liste qui ne doivent pas être utilisés.**

hiver – hémisphère – hémisphère – équateur – pôles – rayons – juin – nuit – éclairée – Soleil – été – éclipse – cachée.

Le 21 juin, c'est l'été dans l' .... Nord et l'hiver dans l' .... Sud.

Au Cap, le 21 décembre, c'est l' .... et, à Paris, c'est l' ....

Il y a plus de soleil à Paris le 21 .... parce que, du fait de l'inclinaison de la Terre, cette zone est davantage .... par le Soleil.

On parle de la nuit polaire aux pôles parce qu'en hiver le .... ne se lève pas et qu'il fait donc .... pendant plusieurs semaines.

JEUX d'anglais

A tour in

Un tour en

1 Quelques fameux monuments d'Europe

Écris sous chaque monument le pays dans lequel il se trouve :

Spain, Belgium, Greece, Germany, France, Russia.

....

....

....

....

....

....

2 Où se trouvent ces monuments ? **Complète les phrases.**

Ex. : In which city is the Atomium? The Atomium is in Brussels.
(Dans quelle ville se trouve l'Atomium ?)

In which city is the Kremlin? The ....
(Dans quelle ville se trouve le Kremlin ?)

In which city is the Louvre Museum? The ....
(Dans quelle ville se trouve le musée du Louvre ?)

In which city is Big Ben? Big Ben ....
(Dans quelle ville se trouve Big Ben ?)

In which city is the Tower of Pisa? The ....
(Dans quelle ville se trouve la tour de Pise ?)

Europe!

Europe !

PISTE 1

Écoute l'anglais de ces jeux sur notre site www.parascolaire.hachette-education.com

3 Dans quels pays se trouvent ces monuments ?

Relie les monuments au drapeau du pays où ils se trouvent.

Neuschwanstein Castle, Germany •

Coliseum, Italy •

Belém Tower, Portugal •

Budapest Parliament, Hungary •

Palace of Westminster, Great Britain •

• 

• 

• 

• 

• 

4 Où habitent-ils ?

Complète les phrases avec ces noms de pays : Switzerland, The United Kingdom, Belgium, France.

I live in ....

I live in ....

I live in ....

I live in ....

Les rois

Les origines du surf se situent dans le Pacifique. Au XVIIIe siècle, James Cook, marin britannique, découvre les îles hawaïennes et les surfeurs !

Au XVe siècle, le surf était déjà une pratique courante chez les populations de ces îles. Selon la légende, les meilleurs surfeurs étaient nommés rois. Les planches de surf étaient alors en bois d'arbre à pain ou en écorce de cocotier. Elles atteignaient parfois 6 m de long et pouvaient peser jusqu'à 50 kg.

Bien choisir sa planche de surf est indispensable pour progresser tout en se faisant plaisir. Si tu débutes, il vaut mieux opter pour une planche volumineuse, qui assure une bonne stabilité. Une planche en mousse polystyrène, alliant flottabilité et sécurité, deviendra vite ta complice, car elle absorbe les chocs : pratique quand on apprend !

1 As-tu bien lu ?

- Où et quand est né le surf ?

....

- Avec quels matériaux les planches étaient-elles construites autrefois ?

....

- Comment doit-être ta planche de surf quand tu débutes ?

....

Français

2 Complète les phrases avec le déterminant possessif qui convient, puis écris le genre et le nombre de chaque déterminant.

Ex. : Emma regarde **ses** grands frères faire de la planche à voile. (masc. pluriel)

- Léo achètera .... nouveau surf l'été prochain. ....
- Luc et Antoine utilisent toujours .... vieille planche à voile. ....
- Avez-vous rangé .... bicyclettes dans le garage ? ....
- Tu as oublié de mettre l'antivol sur .... vélo. ....
- Je prends .... sac à dos pour partir en randonnée. ....
- Lola et Simon ont emporté .... patins à glace. ....
- Noé veut vendre .... paire de skis. ....
- Mes parents ont oublié .... raquettes de tennis. ....

de la glisse !

> **Le sais-tu ?**
> Le mot « corde » est banni du vocabulaire des marins. On utilise plutôt le mot « bout », prononcé comme « foot ».

Maths

3 Loïc dirige une école de voile. Il veut renouveler les cordages de ses douze dériveurs Optimist. Il commande pour chaque bateau : 2 m de cordage résistant à 450 kg et 6 m d'écoute de 8 mm de diamètre.

AIDE 15 Page 54

Les cordages

Diamètre (mm)	Résistance à la rupture	Prix/m
4	450 kg	1 €
5	650 kg	2 €
6	800 kg	3 €

- **Combien paiera-t-il pour les cordages ?**

....

- **Pour les écoutes ?**

....

- **Quel sera le montant total de la facture ?**

....

Les écoutes*

Diamètre (mm)	Résistance à la rupture	Prix/m
8	1 600 kg	3 €
10	2 500 kg	4 €
12	3 500 kg	6 €

* Écoute : cordage servant à régler l'angle d'une voile par rapport au vent.

4 **Complète les opérations en suivant l'exemple.**

Ex. : $11 \times 15 = (10 \times 15) + (1 \times 15) = 150 + 15 = 165$

$15 \times 15 =$ (........ × ....) + (........ × ....) = ... + ... = ...

$25 \times 15 =$ (........ × ....) + (........ × ....) = ... + ... = ...

Sciences

5 **Complète les légendes de ce dessin qui te montre les étapes du cycle de l'eau.**

Condensation

Évaporation

Précipitations

Écoulement

Infiltration

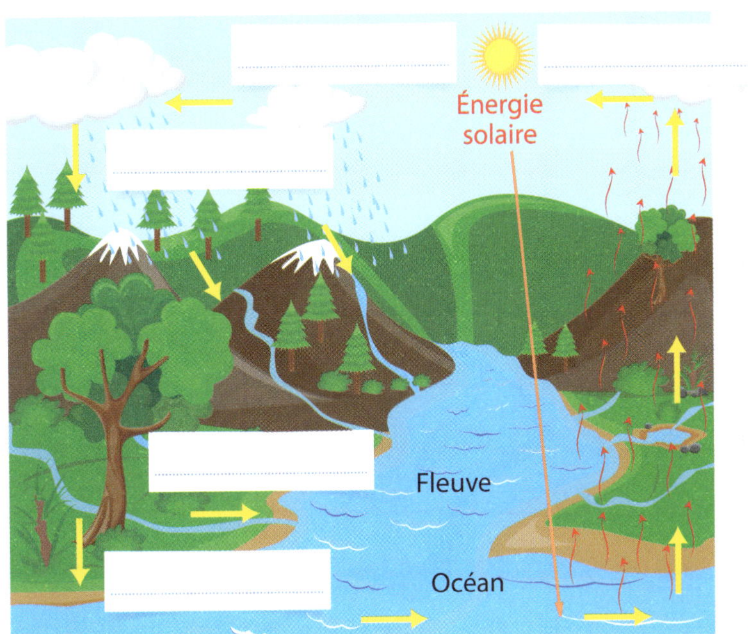

Alimentaire,

Introduite en France sous Louis XVI, la pomme de terre déplut aux Français qui la réservèrent, même en période de famine, à la nourriture des cochons car elle appartenait à la famille des solanacées qui comporte plusieurs plantes vénéneuses. Heureusement, Antoine Parmentier effectua des recherches qui innocentèrent la pomme de terre. Puis il employa la ruse afin de la faire adopter. Il fit surveiller une récolte par des gardes, mais seulement le jour pour laisser les paysans voler les pommes de terre la nuit : ce légume devait être extraordinaire puisqu'on le faisait garder par des troupes !

As-tu bien lu ?

1 Vrai ou faux ? Coche la bonne réponse.

	Vrai	Faux
A La pomme de terre appartient à la famille des solanacées.	☐	☐
B Cette famille ne comporte que des plantes comestibles.	☐	☐
C La pomme de terre fut introduite en France sous Louis XIV.	☐	☐
D Parmentier fit garder sa récolte la nuit.	☐	☐

Français

2 Choisis un synonyme du verbe avaler et conjugue-le au futur.

AIDE 11 Page 52

grignoter – engloutir – absorber – dévorer – manger

- Le cochon .... rapidement ses pommes de terre.
- Les lionnes affamées .... la gazelle.
- Je .... avec appétit les plats qu'on me servira.
- Tu .... un croûton de pain avant de partir.
- Heureusement, la terre .... les pluies torrentielles.

3 Accorde l'adjectif épithète si nécessaire.

AIDE 4 Page 50

- Les pommes de terre sauté.......... sont nos légumes préféré.......... .
- J'aime les frites croustillant.......... et doré.......... .
- Ma petit.......... sœur fait toujours un volcan dans sa purée épais.......... .
- Le jus de rôti cuit.......... se marie bien avec les haricots vert.......... .

mon cher Watson !

Maths

4 Colorie le nombre de parts que représente chaque fraction ou écris la fraction représentée.

AIDE 18 Page 55

Ex. : 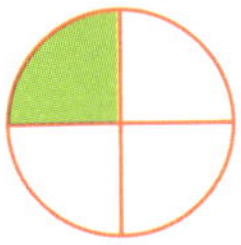 = $\frac{1}{4}$

 = ...

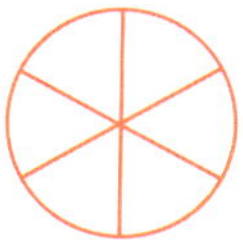 = $\frac{2}{6}$

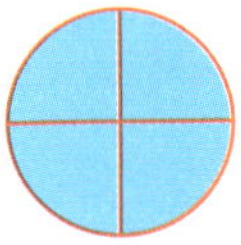 = ...

 = $\frac{1}{5}$

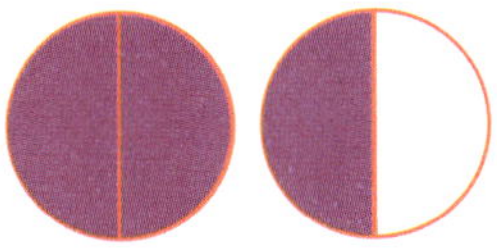 = ...

5 Complète ces tableaux qui indiquent le nombre de litres de lait nécessaires à la fabrication de deux fromages.

AIDE 17 Page 54

Lait (en litres)	Camembert (nombre de)
2	1
20	....
....	3
....	26
....	100

Lait (en litres)	Emmental (en kg)
....	0,5
10	1
....	5
55	....
....	55

Messages codés

Nu tiurf tse nu enagro lategev iuq tneitnoc sed seniarg. Al etamot, el tocirah te al ettegruoc tnos sed stiurf !

Réponse : Un fruit est un organe végétal qui contient des graines. La tomate, le haricot et la courgette sont des fruits !

Sciences

Le système digestif

6 Associe chaque lettre au bon mot.

- ( ) langue
- ( ) estomac
- ( ) rectum et anus
- ( ) intestin grêle
- ( ) gros intestin (côlon)
- ( ) œsophage
- ( ) pancréas
- ( ) foie
- (C) appendice

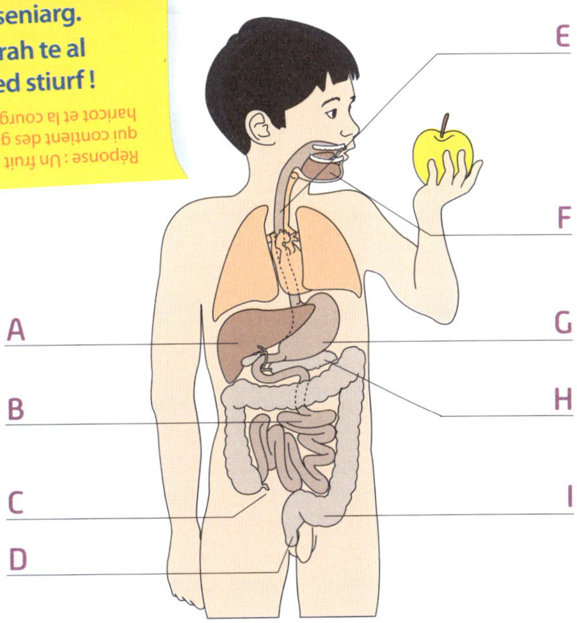

Jeux et activités

Sur leurs

JEU DE PISTE

À qui appartiennent ces empreintes fossilisées ? Animal ou végétal ? Entoure la bonne réponse.

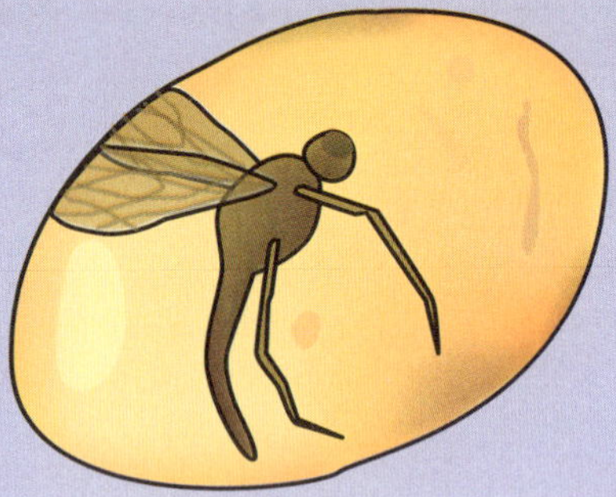

Végétal ou animal ?

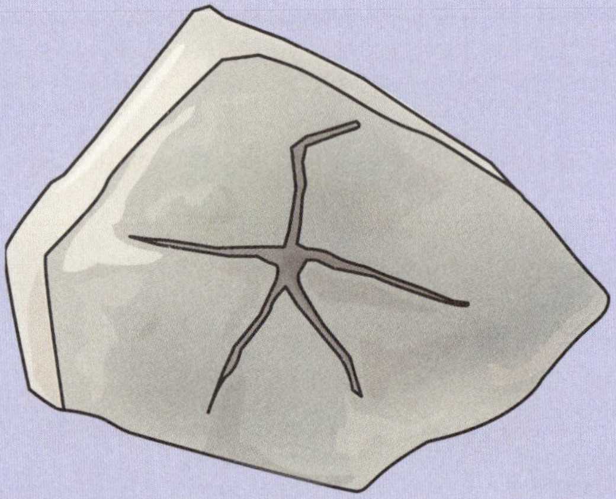

Végétal ou animal ?

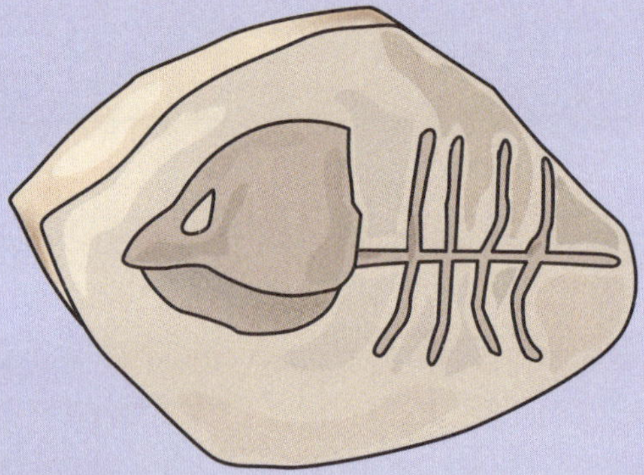

Végétal ou animal ?

Végétal ou animal ?

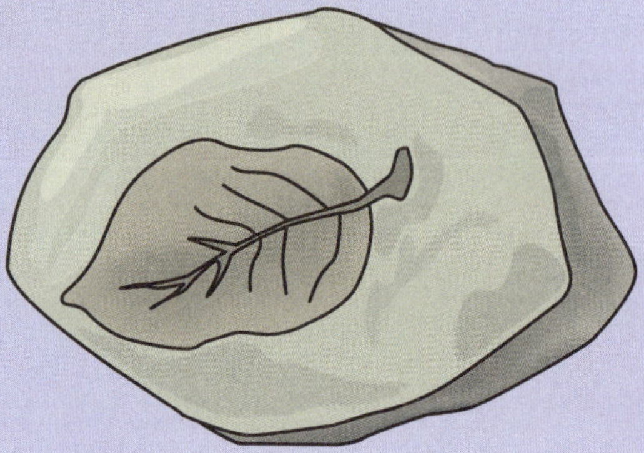

Végétal ou animal ?

Solution du jeu page 8 des corrigés.

mon cher Watson !

8

BRAVO !
Colle ici ton étoile

Maths

4 Colorie le nombre de parts que représente chaque fraction ou écris la fraction représentée.

AIDE 18 Page 55

Ex. : 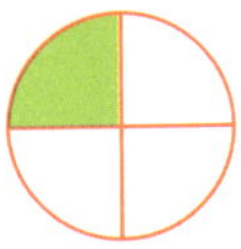 = $\frac{1}{4}$

 = ...

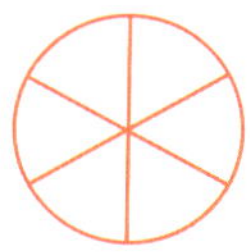 = $\frac{2}{6}$

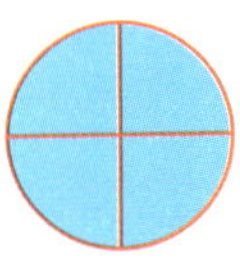 = ...

 = $\frac{1}{5}$

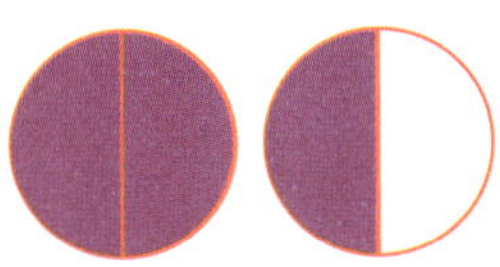 = ...

5 Complète ces tableaux qui indiquent le nombre de litres de lait nécessaires à la fabrication de deux fromages.

AIDE 17 Page 54

Lait (en litres)	Camembert (nombre de)
2	1
20	....
....	3
....	26
....	100

Lait (en litres)	Emmental (en kg)
....	0,5
10	1
....	5
55	....
....	55

Sciences

Le système digestif

Messages codés

Nu tiurf tse nu enagro lategev iuq tneitnoc sed seniarg. Al etamot, el tocirah te al ettegruoc tnos sed stiurf !

Réponse : Un fruit est un organe végétal qui contient des graines. La tomate, le haricot et la courgette sont des fruits !

6 Associe chaque lettre au bon mot.

- ○ langue
- ○ estomac
- ○ rectum et anus
- ○ intestin grêle
- ○ gros intestin (côlon)
- ○ œsophage
- ○ pancréas
- ○ foie
- C appendice

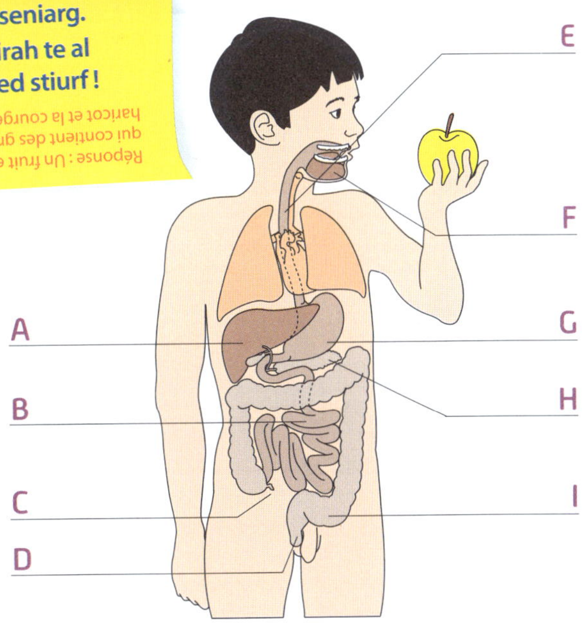

Sur leurs

JEU DE PISTE

À qui appartiennent ces empreintes fossilisées ?
Animal ou végétal ? Entoure la bonne réponse.

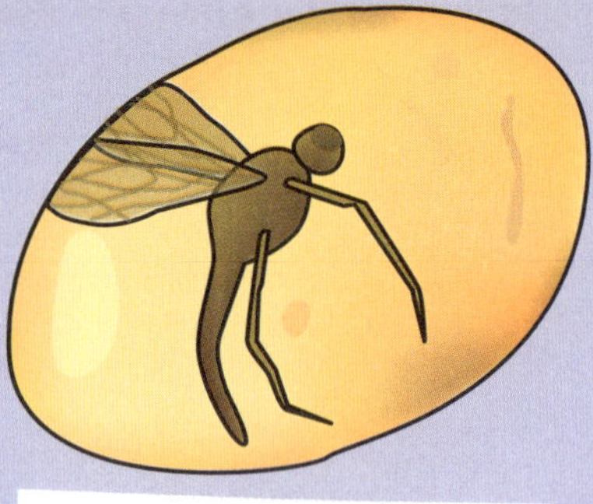

Végétal ou animal ?

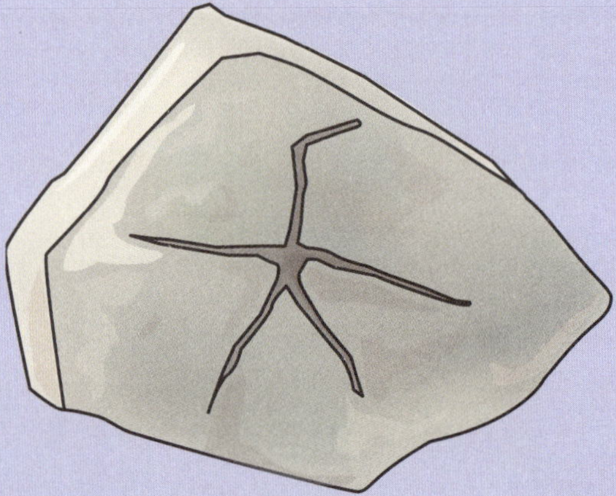

Végétal ou animal ?

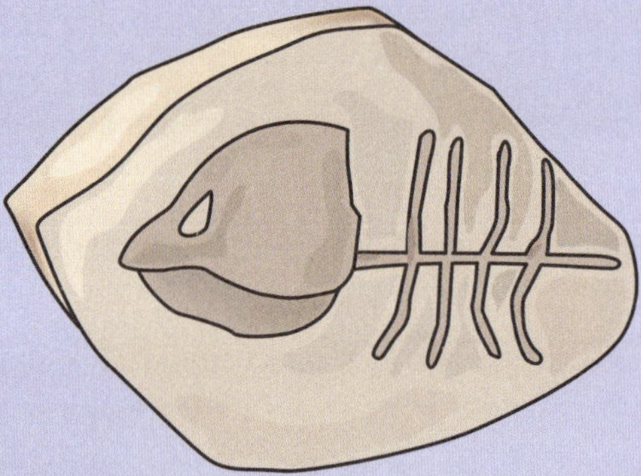

Végétal ou animal ?

Végétal ou animal ?

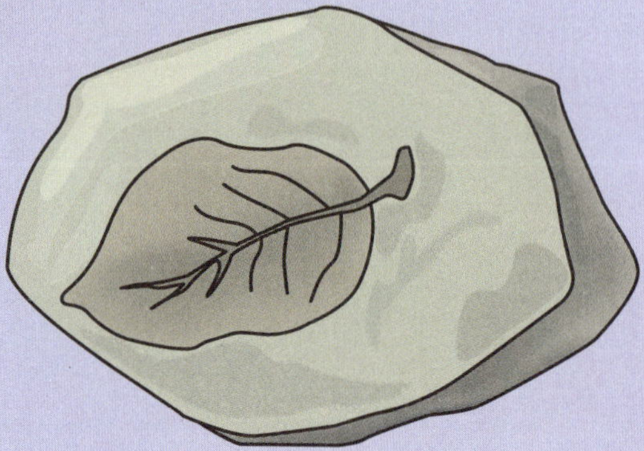

Végétal ou animal ?

Solution du jeu page 8 des corrigés.

LE COIN DES PARENTS

ET TOUS LES CORRIGÉS

À quoi sert un cahier Passeport ?

Le cahier **Passeport** est à la fois un outil de révision et de découverte. **Un outil de révision** grâce aux 16 séquences, au cours desquelles votre enfant aborde systématiquement des activités progressives de français et de maths, mais aussi, en alternance, des activités d'histoire, de géographie, de sciences, d'enseignement moral et civique, et d'anglais. **Un outil de découverte**, à travers les thèmes abordés, les doubles pages d'activités et les jeux d'anglais. Passeport, c'est aussi **un cahier central de conseils pratiques et de corrigés** pour les parents et **un aide-mémoire** en fin d'ouvrage, qui permet, grâce **aux bouées** placées à côté des exercices, de trouver la règle et l'exemple qui pourront aider l'enfant. Aéré, illustré, sérieux et ludique, le cahier Passeport est l'outil indispensable de tous les enfants, qui permet d'assurer le lien entre l'année écoulée et la rentrée prochaine.

L'ÉDITO DES AUTEURS

Le temps des vacances, véritable pause dans la vie quotidienne de votre enfant, est un moment privilégié pour se retrouver. Partagez avec lui des découvertes, des lectures « plaisir ». Faites-lui oublier les soucis de l'année, les difficultés qu'il a pu connaître, et optimisez l'avenir. Mais le temps des vacances est long et source de déperdition des savoirs, même pour de bons élèves. Dans cette optique, Passeport est un excellent « coup de pouce » pour consolider les notions étudiées tout au long de l'année.

Qu'attend-on d'un futur élève de CM2 ?

Votre enfant se dirige vers le CM2, dernière marche avant l'entrée en 6e. Outre les savoirs et les acquis nécessaires à une bonne adaptation au collège, on attend de lui davantage d'autonomie, de concentration et de méthode. Votre enfant doit apprendre à être l'acteur de son propre travail : savoir lire une consigne, travailler seul, consulter si nécessaire l'aide-mémoire en fin de cahier, et vous demander de l'aide en cas de difficulté.

VOTRE ENFANT DOIT APPRENDRE À ÊTRE L'ACTEUR DE SON PROPRE TRAVAIL.

COMMENT UTILISER SON CAHIER EFFICACEMENT ?

Les 16 séquences et les 3 doubles pages d'anglais suivent le programme de CM1, mais si votre enfant préfère commencer par la fin ou par un thème en particulier, laissez-le faire ! De même, dans la double page, il peut démarrer par l'activité qui lui semble la plus facile. Commencer une page par ce qu'il sait le mieux rendra votre enfant satisfait de sa performance et lui permettra d'oser se lancer sur ce qu'il maîtrise moins. Vérifiez son travail en valorisant ses efforts, même si vous remarquez des erreurs : vous pourrez revenir aux exercices qui « n'ont pas marché » à un autre moment.

À quel rythme utiliser son cahier ?

Le cahier de vacances ne doit jamais être une corvée. Votre enfant y travaillera à son rythme et aussi en fonction de l'organisation familiale. Néanmoins, il est conseillé d'acheter ce cahier au début des vacances et de le faire tranquillement, à raison de 2 à 3 séquences par semaine, d'une trentaine de minutes chacune. Vous pouvez décider avec lui d'un moment privilégié dans la journée, en alternance avec des activités de plein air. Mais surtout n'en faites jamais une contrainte…

QUE PROPOSENT LES CONSEILS DANS LES CORRIGÉS ?

Les conseils qui accompagnent les corrigés ont pour but de vous donner des indices, des pistes qui permettront à votre enfant de terminer ses exercices. Ils proposent également des explications sur les mots qui pourraient s'avérer difficiles.

AIDE 1 Page 50

AIDEZ-VOUS DES RAPPELS DE COURS DE L'AIDE-MÉMOIRE

À QUOI SERVENT LES PAGES D'ACTIVITÉS ?

Ces pages sont des respirations ludiques et actives, destinées à rassembler toute la famille autour d'un jeu, d'une recette ou d'une activité de bricolage. Elles peuvent aussi amener un enfant en difficulté à adopter son cahier de vacances et à se plonger avec davantage de plaisir dans les exercices de français et de maths !

Que faire face à un refus de travailler ?

Si votre enfant refuse d'ouvrir son cahier, essayez de l'y amener par le biais des pages d'activités. Celles-ci, tournées vers le jeu, peuvent l'encourager à découvrir ensuite les pages plus scolaires. Faites un jeu de chaque exercice : demandez-lui, par exemple, de vous expliquer la consigne. S'il éprouve des difficultés, montrez-lui comment faire en vous aidant d'un exemple. Vous pouvez aussi vous aider des quelques conseils donnés dans les corrigés et des rappels de cours de l'aide-mémoire. Enfin, pour ne pas décourager votre enfant, préférez de toutes petites séquences (le temps d'un exercice, par exemple) davantage réparties dans la semaine.

Tous ces conseils sont indicatifs : surtout ne culpabilisez pas si vous remarquez des erreurs dans les réponses de votre enfant. Et si vous voyez qu'il n'est pas « mûr » pour une matière, n'insistez pas. Le programme du CM1 est assez lourd et sera revu, de toute façon, en CM2. Par-dessus tout, nous vous souhaitons une agréable lecture et de bonnes vacances !

2 • Ville natale : **Dunkerque**.
• Pays d'origine : la **France**.

3 **Où** est né ce corsaire ? Il est né à Dunkerque **où** il est considéré comme un héros. Il pillait les navires anglais **ou** hollandais. **Où** a-t-il été vu pour la dernière fois : enchaîné à un mât **ou** ramant à bord d'un canot ?

Faites rechercher les phrases dans lesquelles *où* indique un lieu : on écrit *où*. Faites repérer les phrases dans lesquelles *ou* indique un choix : on écrit *ou* car on peut le remplacer par *ou bien*.

4 le prince → **la princesse**
un Anglais → **une Anglaise**
le navigateur → **la navigatrice**
un Parisien → **une Parisienne**
son cuisinier → **sa cuisinière**

5 le bateau → **les bateaux**
un amiral → **des amiraux**
la bataille → **les batailles**
un mât → **des mâts**
ce canon → **ces canons**

Rappelez que, le plus souvent, les noms en *-eau* s'écrivent *-eaux* au pluriel et que les noms en *-al* s'écrivent *-aux* au pluriel.

6

7 • Le périmètre de sa voile :
$(12 + 9) \times 2 = 21 \times 2 =$ **42 m**.
• L'aire de sa voile :
$12 \times 9 =$ **108 m²**.

Ne pas confondre le périmètre, qui est le contour d'une figure, et l'aire, qui est une surface ! N'hésitez pas à proposer à votre enfant d'utiliser une feuille de brouillon pour reproduire le dessin de la voile et ainsi mieux repérer la longueur et la largeur de la voile.

8 • **Magellan** fait le tour du monde et donne son nom à un détroit (1519-1521).
• **Jacques Cartier** aborde au Canada (1534-1535).
• **Christophe Colomb** découvre l'Amérique (1492).
• **Vasco de Gama** atteint l'Inde par le cap de Bonne-Espérance (1498).

4. L'homme et le feu ....p. 14

1 • L'*Homo erectus* obtient le feu par **le frottement de morceaux de bois** ou par **la frappe de silex**.
• Il conserve le feu dans **des foyers creusés dans le sol**.
• Son combustible est **le bois** et, quand celui-ci manque, **l'os**.

Faites lire attentivement le texte ainsi que les notes avant de cocher les réponses. Expliquez si nécessaire le vocabulaire inconnu par des périphrases du type : « Le foyer est l'endroit où on allume le feu. »

2 • Le feu, allumé par les hommes, **prend** rapidement.
• Les éléphants affolés **vont** vers les marécages.
• « Ainsi, nous **évitons** les flammes », **pensent**-ils.
• Les chasseurs **brandissent** leurs lances vers un animal épuisé.

Prendre et *aller* sont des verbes irréguliers, plus difficiles à conjuguer.

3 • La grotte de Lascaux a été découverte en Dordogne en 1940. → **En 1940, en Dordogne**, la grotte de Lascaux a été découverte.
• Sur ses parois, les premiers artistes ont dessiné plus de 600 animaux. → Les premiers artistes ont dessiné plus de 600 animaux **sur ses parois**.

Faites repérer le sujet et le verbe de chaque phrase avant de chercher les compléments circonstanciels. Il est facile ensuite de poser les questions : « Quand ? » et « Où ? »

4 • vingt-mille : **20 000**
• trois-cent-mille : **300 000**
• cinq-cent-cinquante-mille : **550 000**
• trente-trois-mille : **33 000**
• quatre-cent-quarante-mille : **440 000**
• huit-millions : **8 000 000**
• trente-cinq-millions : **35 000 000**
• mille-sept-cent-vingt-six : **1 726**
• huit-cent-quarante-trois : **843**
• mille-neuf : **1 009**

Il ne faut pas oublier l'espace entre la classe des unités simples, la classe des unités de mille et la classe des unités de millions.

5

6 • **Préhistoire** → l'homme de Tautavel / Lascaux.
• **Antiquité** → Jules César / Rome.
• **Moyen Âge** → Charlemagne / Aix-la-Chapelle.
• **Renaissance** → François Ier / le château de Chambord.
• **Absolutisme** → Louis XIV / Versailles.

5. L'avion zéro carburant ! p. 18

1 • Cet avion fonctionne grâce à l'**énergie solaire** qui est captée par des **cellules** photovoltaïques.
• La vitesse moyenne était de **80 km/h**.
• Le voyage a été divisé en **17** étapes.
• Le point de départ et d'arrivée était **Abou Dhabi, capitale des Émirats arabes unis**.

Faites lire attentivement le texte à votre enfant, d'abord silencieusement puis à voix haute. Expliquez-lui le sens des mots difficiles, s'il vous le demande.

2 • un espace **immense** – des étendues **immenses**
• un vaisseau **spatial** – des stations **spatiales**
• un sommet **élevé** – une altitude **élevée**
• un **nouvel** élément – de **nouveaux** matériaux

Les adjectifs en *-al* ne doublent pas la lettre *l* au féminin.

3 • haut → **la hauteur**
• immense → **l'immensité**
• nouveau → **la nouveauté**
• léger → **la légèreté**
• puissant → **la puissance**
• long → **la longueur**

Le plus souvent, les noms en *-té* ne prennent pas de *e* final.

4 Nombre de cellules photovoltaïques = **17 248**.
Diamètre d'une hélice = **4 m**.
Puissance d'une batterie = **12,9 kW**.
Volume du cockpit = **3,8 m³**.
Envergure = **72 m**.

CORRIGÉS

1. Au pied de l'Éléphant....... p. 6

1 • L'**escalade**.
• **Pierre**.
• Les **failles** de la roche.
• Le **harnais**, les **mousquetons** et la **corde de rappel**.

Faites lire le texte silencieusement. Quand votre enfant est prêt, demandez-lui de répondre aux questions en utilisant des mots du texte. S'il ne trouve pas la réponse, faites-lui relire le texte à haute voix.

2 Pour leur sécurité, tous ces jeunes grimpeurs **utilisent** un harnais, qui **enserre** la taille et les cuisses. Le mousqueton **est** un anneau de métal qui **fait** glisser la corde. Ainsi, les enfants **affirment** : « Nous **glissons** sans peur sur la tyrolienne ! » Et toi, **as**-tu envie d'essayer ?

Pour chaque verbe à conjuguer, n'hésitez pas à consulter l'aide-mémoire avec votre enfant pour l'aider à trouver la terminaison qui convient.

3 • Les pins et les sapins [conservent] leurs aiguilles toute l'année, alors que celles du mélèze [jaunissent] et [tombent] à la fin de l'automne.
• En se promenant, Paul [voit] toutes sortes d'animaux.
• Soudain [s'envole] une perdrix ! Elle [se cachait] dans les blés.

4

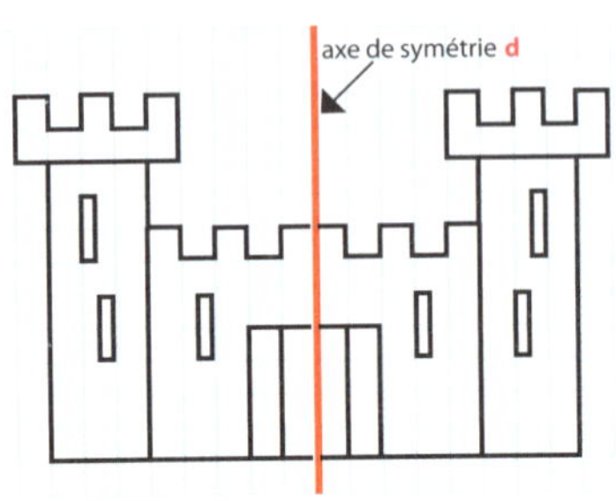

Dans cet exercice de symétrie, votre enfant doit compter autant de carreaux de part et d'autre de l'axe de symétrie pour compléter le château.

5 Maman et les jumeaux :
10 + (2 × 8) = 10 + 16 = 26 €.
Enzo et papa : 2 × 18 = 36 €.
Au total, la famille paiera **62 €** (= 26 + 36).

Si votre enfant éprouve des difficultés à faire ce problème, demandez-lui combien de membres comporte cette famille et, parmi eux, combien ont plus de 12 ans et combien ont moins de 12 ans.

6 Plus la force s'exerce loin du pivot, plus la charge est facile à soulever : **réponse A**.

2. Le macareux moine......... p. 8

1

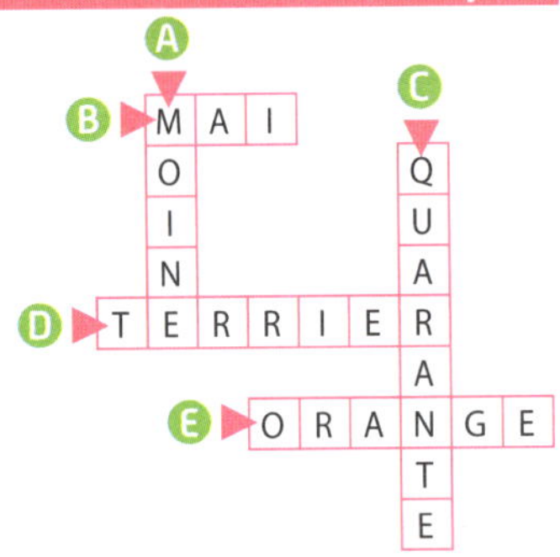

2 • Les bateaux **à** voiles sont rentrés pour se mettre **à** l'abri.
• Le marin **a** renoncé **à** prendre la mer.
• Toute la journée, la tempête **a** soufflé et **a** obligé les estivants **à** rester enfermés.

Faites systématiquement remplacer *a* ou *à* par *avait*. « Les bateaux [avait] voiles… » : le remplacement ne fonctionne pas ; on écrit *à*. « La tempête [avait] soufflé… » : le remplacement est correct ; on écrit *a*.

3 Mouvement de la mer montante ou descendante → **marée** / homme habile dans l'art de la navigation → **marin** / colline de sable située en bord de mer → **dune maritime** / obtenu par évaporation de l'eau de mer → **sel marin**.

4 56 × 5 = **280** ; 25 × 10 = **250** ;
430 + 179 = **609** ; 25 × **4** = 100 ;
150 × **3** = 450 ; **121** × 4 = 484

Demandez à votre enfant quel est, pour chaque nombre, le chiffre des unités, celui des dizaines et celui des centaines. Pour les deux premiers calculs, il s'agit d'une simple multiplication ; pour le troisième, il s'agit d'une addition ; pour les calculs 4 et 5, demandez à votre enfant combien de fois il peut additionner le nombre de départ, par exemple 150, pour aller au nombre d'arrivée, 450 (150 + 150 + 150, il faut additionner 3 fois le nombre). Pour le dernier calcul, on peut diviser le nombre d'arrivée, 484, par le nombre de départ, 4.

5 • (2 × 3) + (4 : 2) + (2 × 3) = 6 + 2 + 6
= 14

Ils dépensent **14 €**.
• 20 – 14 = 6
Le poissonnier leur rend **6 €**.

6

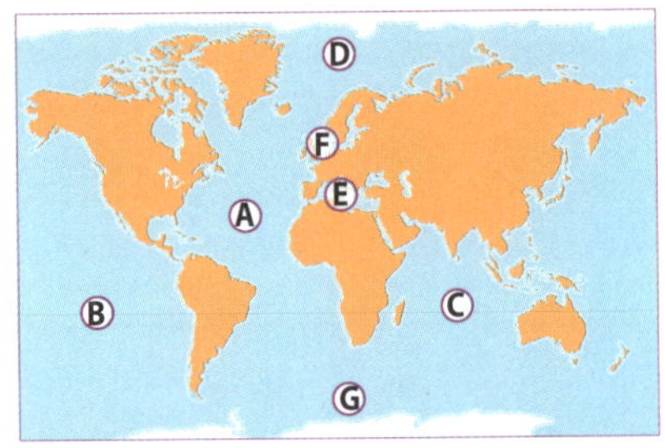

Jeux d'anglais............. p. 10

1

2 •  → **Green – Orange**
•  → **Red – White**
•  → **Orange – Green**

3 • Kangaroo → Australia
• Eagle → The United States of America
• Kiwi → New Zealand
• Lion → The United Kingdom

4 De gauche à droite :
• chips → french fries → frites
• crisps → potato chips → chips
• sweets → candies → bonbons
• aubergine → eggplant → aubergine
• biscuit → cookie → biscuit

3. Maudit corsaire !.............p. 12

1 • Jean Bart commence son métier de corsaire **à 23 ans**.
• On le reconnaît **à sa pipe**.
• Il pille les navires **en mer du Nord**.

Pour l'âge de Jean Bart, il faut calculer la différence entre 1650, date de sa naissance, et 1673, date où il commence le métier de corsaire : 1673 – 1650 = 23. En effet, Jean Bart est recherché car il a pillé des navires anglais et hollandais pour alimenter le peuple de Paris !

5

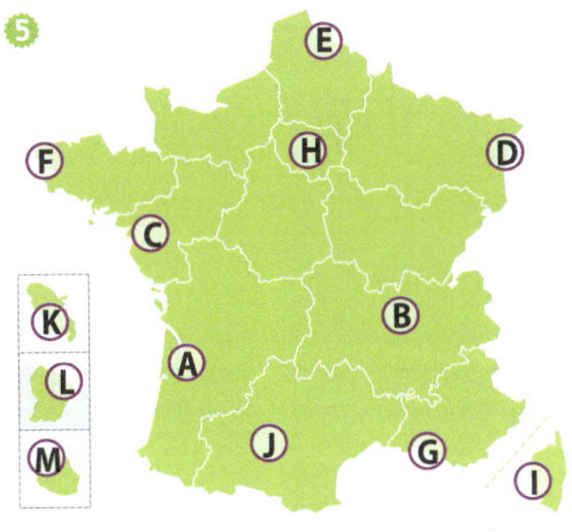

5 Le 21 juin, c'est l'été dans l'**hémisphère** Nord et l'hiver dans l'**hémisphère** Sud. Au Cap, le 21 décembre, c'est l'**été** et, à Paris, c'est l'**hiver**. Il y a plus de soleil à Paris le 21 **juin** parce que, du fait de l'inclinaison de la Terre, cette zone est davantage **éclairée** par le Soleil. On parle de la nuit polaire aux pôles parce qu'en hiver le **Soleil** ne se lève pas et qu'il fait donc **nuit** pendant plusieurs semaines.

Mots intrus : équateur, pôles, rayons, éclipse, cachée.

5

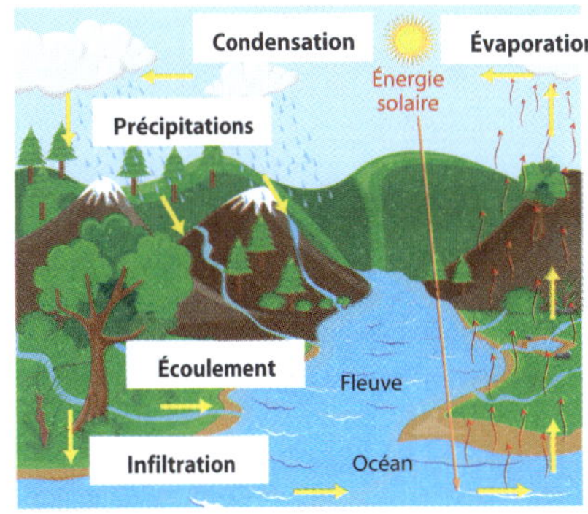

6. À l'aise dans sa peau ..... p. 20

1

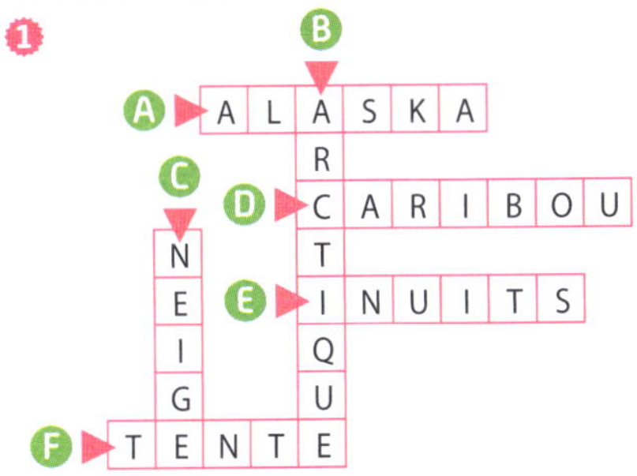

Votre enfant ne doit écrire le mot dans la grille que lorsqu'il en a repéré l'orthographe exacte dans le texte.

2 Le chasseur inuit **portait**… qui le **protégeaient**… / Les femmes **décoraient**… / La mer **fournissait**…

En cas de doute sur l'accord du verbe avec son sujet, faites remplacer le sujet par *il*, *ils*, *elle* ou *elles* : « Le chasseur inuit » = « Il ».

3
- Le chasseur attelle ses chiens au traîneau **et** se prépare à partir.
- C'**est** l'été, **et** le soleil ne disparaîtra pas, même la nuit.
- Il **est** prudent **et** s'assurera de ne pas les épuiser !

Essayez systématiquement de remplacer *et* ou *est* par *était* ou par *et puis*. Si cela fonctionne avec *était*, on écrit *est* ; si cela fonctionne avec *et puis*, on écrit *et*.

4 13,25 + 4,25 = **17,50** (jaune)
18 × 2 = **36** (vert)
16 : 4 = **4** (bleu)
(5 × 2) + 1,86 = **11,86** (rouge)
28 + 15 = **43** (gris)

Jeux d'anglais............. p. 22

1 1re ligne : Spain, Russia, Germany.
2de ligne : Belgium, France, Greece.

2 The Kremlin is in **Moscow**. / The Louvre Museum is in **Paris**. / Big Ben is in **London**. / The Tower of Pisa is in **Pisa**.

3
- Neuschwanstein Castle, Germany →
- Coliseum, Italy →
- Belém Tower, Portugal →
- Budapest Parliament, Hungary →
- Palace of Westminster, Great Britain →

4 De gauche à droite et de haut en bas : I live in **Belgium**. / I live in **France**. / I live in **Switzerland**. / I live in **The United Kingdom**.

7. Les rois de la glisse !....... p. 24

1
- Le surf est né dans les **îles hawaïennes**, au **XVe siècle**.
- Avec du **bois d'arbre à pain** ou de l'**écorce de cocotier**.
- **Volumineuse et en mousse polystyrène**.

2 **son** nouveau surf **(masc. sing.)** / **leur** vieille planche à voile **(fém. sing.)** / **vos** bicyclettes **(fém. pl.)** / **ton** vélo **(masc. sing.)** / **mon** sac à dos **(masc. sing.)** / **leurs** patins à glace **(masc. pl.)** / **sa** paire de skis **(fém. sing.)** / **leurs** raquettes de tennis **(fém. pl.)**

3
- Pour les cordages, il paiera :
(12 × 2) × 1 = 24 × 1
= **24 €**.
- Pour les écoutes, il paiera :
(12 × 6) × 3 = 72 × 3
= **216 €**.
- Au total, il paiera : 216 + 24 = **240 €**.

4 15 × 15 = (10 × 15) + (5 × 15)
= 150 + 75
= 225
25 × 15 = (10 × 25) + (5 × 25)
= 250 + 125
= 375

8. Alimentaire, mon cher Watson ! .... p. 26

1 **A** **Vrai** / **B** **Faux** (elle comporte aussi des plantes vénéneuses) / **C** **Faux** (sous Louis XVI) / **D** **Faux** (seulement le jour).

Louis XVI fut le dernier roi du XVIIIe siècle.

2 Le cochon **engloutira** (absorbera – dévorera) / Les lionnes affamées **dévoreront** (engloutiront) / Je **mangerai** (dévorerai) / Tu **grignoteras** (absorberas – mangeras) / la terre **absorbera** (engloutira).

3
- Les pommes de terre sauté**es** sont nos légumes préféré**s**.
- J'aime les frites croustillant**es** et doré**es**.
- Ma petit**e** sœur fait toujours un volcan dans sa purée épaiss**e**.
- Le jus de rôti cuit se marie bien avec les haricots vert**s**.

Dans cet exercice, il faut repérer le nom auquel l'adjectif se rapporte, puis déterminer le genre (masculin ou féminin) et le nombre (singulier ou pluriel) de ce nom pour trouver l'accord : « **les pommes** de terre **sautées** » (nom et adjectif au féminin pluriel).

4

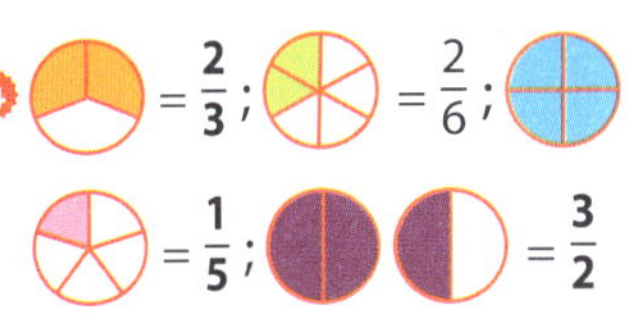

$= \frac{2}{3}$; $= \frac{2}{6}$; $= \frac{4}{4}$; $= \frac{1}{5}$; $= \frac{3}{2}$

5

: 2

Lait (en litres)	Camembert (nombre de)
2	1
20	**10**
6	3
52	26
200	100

× 2

: 10 →

Lait (en litres)	Emmental (en kg)
5	0,5
10	1
50	5
55	**5,5**
550	55

← × 10

6 (A) foie / (B) intestin grêle / (C) appendice / (D) rectum et anus / (E) œsophage / (F) langue / (G) estomac / (H) pancréas / (I) gros intestin (côlon).

9. La belle bleue ! .... p. 30

1

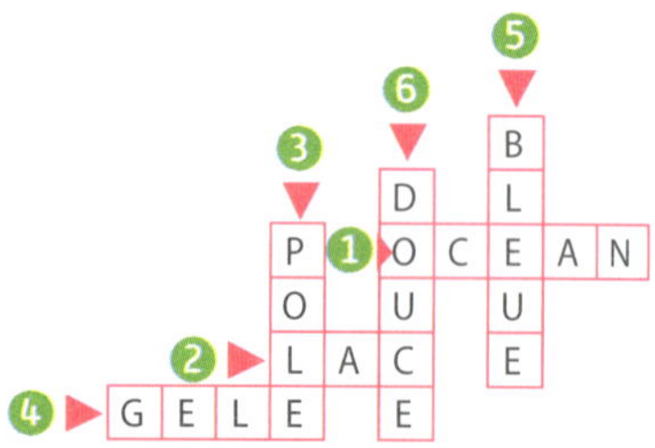

Il faut bien lire le texte avant de compléter les mots fléchés : votre enfant doit trouver le mot dans le texte avant de l'écrire dans la grille.

2 • On capte l'énergie solaire dans les régions chaudes. → On **la** capte dans les régions chaudes.
• En Islande, les sources d'eau chaude remplacent le chauffage. → En Islande, les sources d'eau chaude **le** remplacent.
• On étudie aussi la force des vagues. → On **l'**étudie aussi.
• De nombreux pays installent des éoliennes. → De nombreux pays **en** installent.

Dans la dernière phrase, il faut employer *en* car le complément d'objet direct qu'il remplace est *des éoliennes*. Si le complément d'objet direct avait été *les éoliennes*, nous aurions écrit : *De nombreux pays les installent.*

3 • États-Unis : 740 × 10 = 7 400 kg = 7 t et 400 kg = **7,400 t**.
• Allemagne : 627 × 10 = 6 270 kg = 6 t et 270 kg = **6,270 t**.
• France : 511 × 10 = 5 110 kg = 5 t et 110 kg = **5,110 t**.
• Espagne : 443 × 10 = 4 430 kg = 4 t et 430 kg = **4,430 t**.
• Japon : 270 × 10 = 2 700 kg = 2 t et 700 kg = **2,700 t**.

4 3 t 145 kg = **3 145** kg / 2 kg 125 g = **2 125** g / 13 hg 5 g = **1 305** g / 2 400 mg = **2,4** g / 1,325 g = **1 325** mg / 4 g 500 mg = **4 500** mg / 4 567 kg = **4,567** t / 170 kg = **0,170** t

5 *Par exemple :* (A) Ne pas allumer de feu. / (B) Ne pas jeter ses détritus hors des poubelles. / (C) Véhicules interdits. / (D) Ne pas cueillir de plantes. / (E) Tenir les animaux domestiques en laisse. / (F) Éviter de faire du bruit.

10. Des... astres.................. p. 32

1

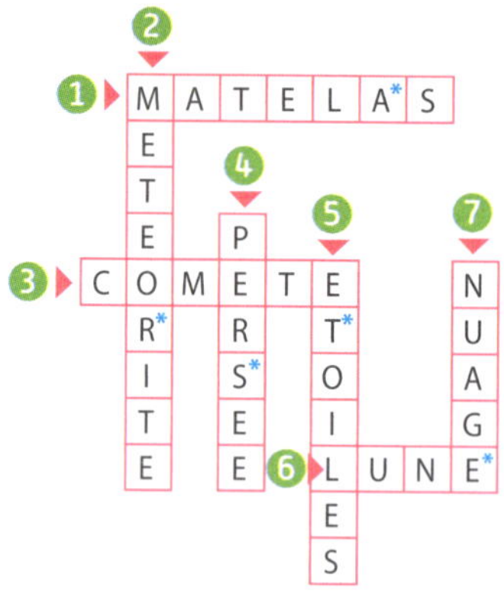

Le mot mystère est : **astre**.

2 • Tu n'**oublieras** pas tes jumelles !
• Dans quelques siècles, les Terriens **iront** peut-être en croisière dans l'espace.
• La navette spatiale **atterrira** demain matin.
• Nous ne **verrons** pas les étoiles si le ciel se couvre.
• Quand **reviendra** le soleil ?

Demandez à votre enfant de dire au préalable sur quel modèle conjuguer le verbe (1er groupe ? 2e groupe ?…). Pour cet exercice, ne pas hésiter à consulter l'aide-mémoire : *oublier* est un verbe du 1er groupe, *revenir* du 3e groupe.

3 • 84 × 18 = 1 512.
Un Uranusien de 18 ans aurait sur Terre **1 512 ans**.
• 164 × 23 = 3 772.
Un Neptunien de 23 ans aurait sur Terre **3 772 ans**.
• 225 × 67 = 15 075.
Un Vénusien de 67 ans aurait sur Terre **15 075 jours** (soit 41 ans et 110 jours).
• 88 × 14 = 1 232.
Un Mercurien de 14 ans aurait sur Terre **1 232 jours** (soit 3 ans et 137 jours).

Il faut à chaque fois multiplier la durée de la révolution de la planète (dans le tableau) par l'âge de l'habitant.

4 • Planète Dune : 137 × 10 = **1 370 UA**.
• Planète Kryptonia :
1 370 × 100 = **137 000 UA**.
• Planète Aurora :
137 000 × 1 000 = **137 000 000 UA**.

5

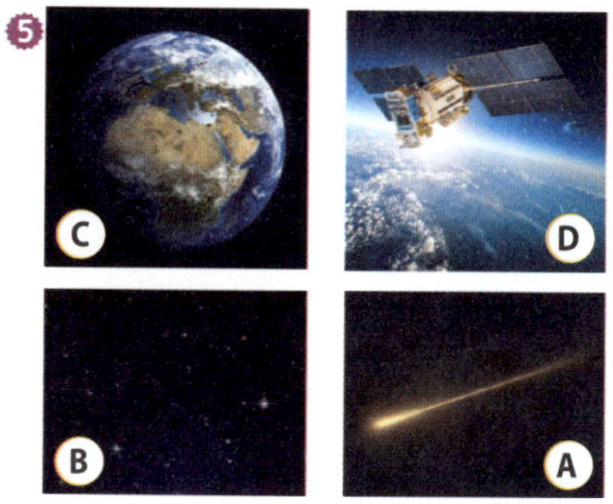

Jeux d'anglais.............. p. 34

2 He is riding a bike. / He is playing ping-pong. / He is roller blading. / They are doing ballet.

3 Jeu sans corrigé type.

4 Tennis: **individual and team sport** / football: **team sport** / rugby: **team sport** / fencing: **individual and team sport** / karate: **individual sport**.

11. Toujours plus haut.........p. 36

1 • Le mont Blanc culmine à environ **4 810 m**.
• La « **montagne maudite** ».
• **Jacques Balmat** et **Gabriel Paccard**.

Votre enfant doit lire le texte dans sa tête avant de répondre aux questions.

2 • L'alpiniste atteint le sommet **escarpé**.
• Les cimes restent **enneigées** tout l'été.
• De **hautes** cheminées fument sur les toits.
• Cette ferme **montagnarde** paraît **abandonnée**.
• On voit souvent d'**élégantes** cigognes sur les toits **alsaciens**.

3 • une pyramide égyptienne → une pyramide **d'Égypte**
• une grotte préhistorique → une grotte **de la Préhistoire**
• une ferme provençale → une ferme **de Provence**
• un château médiéval → un château **du Moyen Âge**

4 • 52 × 5 = 260. La famille dépense **260 €** par jour à l'hôtel.
• 260 × 7 = 1 820. La famille dépense **1 820 €** pour la semaine à l'hôtel.
• 1 820 + 76 = 1 896. La famille dépense **1 896 €** pour son séjour.

5

6 Amiens : **G** / Metz : **G** / Salon-de-Provence : **R** / Reims : **G** / Bayeux : **G** / Arles : **R**.

12. C'est dans l'assiette ! ....p. 38

1 • **Des fraises**, **un citron**, **du sucre**, **de la crème fraîche épaisse** et **des feuilles de menthe**.
• Les ustensiles nécessaires : **un moule** – **un mixeur** – **un couteau** – **un presse-citron**.
• Elle doit rester **8 heures** au congélateur.

2

	mélanger	pétrir
j'/je	j'ai mélangé	j'ai pétri
il	il a mélangé	il a pétri
elles	elles ont mélangé	elles ont pétri

	prendre	tomber
j'/je	j'ai pris	je suis tombé(e)
il	il a pris	il est tombé
elles	elles ont pris	elles sont tombées

Votre enfant doit d'abord trouver le groupe de conjugaison du verbe. S'il a du mal à conjuguer, il peut consulter l'aide-mémoire.

3 • assiette – couteau – fourchette – plat – saladier – tasse – verre
• acide – amer – épais – liquide – onctueux – salé – sucré

4 120 : 3 = **40** g / 150 : 3 = **50** g / 150 : 2 = **75** g

En cas de difficulté, votre enfant peut s'aider des tables de multiplication.

5

4 personnes	8 personnes	12 personnes
125 g de chocolat	250 g de chocolat	375 g de chocolat
50 g de beurre	100 g de beurre	150 g de beurre
60 g de sucre	120 g de sucre	180 g de sucre
3 œufs	6 œufs	9 œufs
$\frac{1}{4}$ de litre de lait	$\frac{1}{2}$ litre de lait	$\frac{3}{4}$ de litre de lait

Vous pouvez préparer le gâteau avec votre enfant pour l'aider à trouver les mesures ! Faites-lui chercher le rapport avec le nombre de personnes indiqué pour la recette : une recette pour 4 utilisera la moitié des ingrédients d'une recette pour 8 ; une recette pour 12 utilisera le triple des ingrédients d'une recette pour 4…

6

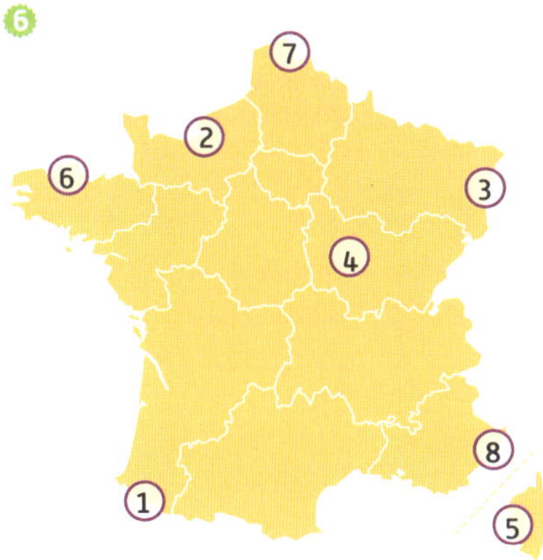

13. Allô ! À l'eau ! .... p. 40

1

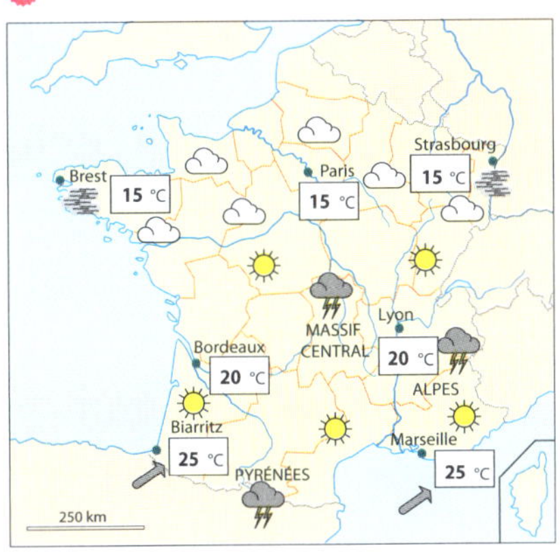

2 • glacial → **glaciale** → **glacialement**
• terrible → **terrible** → **terriblement**
• rigoureux → **rigoureuse** → **rigoureusement**
• vif → **vive** → **vivement**

Le féminin de *rigoureux* se forme comme celui d'*heureux (heureuse)*.

3 Le **baromètre** → mesure la pression atmosphérique.
Le **pluviomètre** → mesure la quantité de pluie.
L'**anémomètre** → mesure la vitesse du vent.
Le **thermomètre** → mesure la température.

4 L'unité qui convient est : 40 **L** ; 0,5 **cL** ; 10 **L** ; 12 **cL** ; 1 **mL** ; 35 **cL** ; 3 **dL** ; 120 **mL**.

5

```
  725 | 5          1924 | 4
 -5   | 145       -16   | 481
  22               32
 -20              -32
   25              004
  -25               -4
    0                0

 12714 | 26       27048 | 56
-104   | 489     -224   | 483
  231              464
 -208             -448
   234             168
  -234            -168
     0               0
```

Quand le quotient d'une division est exact, le reste est égal à 0.

6 • 245 + 55 = 300
On utilise **300 L** d'eau par jour.
• 31 × 2 = 62
Il y a **62 jours** de vacances.
• 300 × 62 = 18 600 L = 186 hL
La consommation totale d'eau est de **186 hL**.

7 **A** Le sel est **soluble** dans l'eau.
B Le sirop est **miscible** dans l'eau.
C L'huile est **non miscible** dans l'eau.
D Le sable est **non soluble** dans l'eau.

14. Drôle de drone ! .... p. 44

1 • Le mot *drone* **vient de l'anglais « bourdon »**.
• **Observer l'ennemi** en temps de guerre sans mettre aucun humain en danger.
• Le drone est utilisé pour des **missions de surveillance**, **d'observation** et des **prises de vues**.

2 • En 1859, Darwin émet l'idée de l'évolution dans son livre *L'Origine des espèces*. → **présent** ; **émettre** ; **3e groupe**
• En 1905, Albert Einstein dévoilait sa célèbre formule E = mc². → **imparfait** ; **dévoiler** ; **1er groupe**
• Le météorologue Alfred Wegener a lancé le premier l'hypothèse de la dérive des continents en 1912. → **passé composé** ; **lancer** ; **1er groupe**

3 • Une photo numérique est un ensemble de pixels.
• Les pouvoirs du numérique semblent illimités.
• L'utilisation de l'informatique nous paraît aujourd'hui normale.

4 • 1,05 + 9,85 + 2,89 + 2,12 + 2,00 + 3,50 = 21,41
Il doit payer **21,41 €**.
• 21,41 – 0,50 = 20,91
Le prix définitif de ses achats est de **20,91 €**.

5 • 10 h 30 (début de la réunion) → 11 h 15 (fin de la réunion) = **45 minutes** ($\frac{3}{4}$ d'heure).
• 13 h (rendez-vous chez le dentiste) → 14 h (sortie du rendez-vous) = **1 heure**.
• 9 h (départ de la maison) → 19 h (retour à la maison) = **10 heures**.

6 (A) le daguerréotype / (B) le Polaroid / (C) l'appareil argentique / (D) l'appareil photo numérique.

15. Dans le ventre de la Terre .... p. 46

1 • À **la Réunion**.
• Le **cratère Dolomieu** ou le **cratère Bory**.
• Des **rivières de lave** et des **cratères**.

2 large → **étroit(e)**
lointain → **proche**
rare → **fréquent(e)**
endormi → **éveillé**
brûlant → **glacé** (gelé)
sombre → **clair(e)**
rapide → **lent(e)**
humide → **sec (sèche)**
faible → **fort(e)**
diurne → **nocturne**

> Expliquez à votre enfant le sens du mot *diurne* : « qui dure le jour ».

3 • Pour all**er** observ**er** des éruptions, les volcanologues Maurice et Katia Krafft ont escalad**é**…
• Certains volcans peuvent explos**er** ; le magma est alors pulvéris**é** et projet**é** à de grandes distances.
• Un raz-de-marée est souvent provoqu**é**…

> Si votre enfant ne parvient pas à compléter les verbes, faites-lui remplacer chaque verbe par *prendre* ou *mettre* (pour l'infinitif) et par *pris* ou *mis* (pour le participe passé).

4 54 : 9 = **6** / 24 : **6** = 4 / 36 : **4** = 9 / **72** : 12 = 6 / 81 : **9** = 9 / 20 : **10** = 2

5 • Coût des visites guidées :
(4 × 3) + (2 × 3) = 12 + 6 = **18 €**.
• Coût de la promenade en barque :
(2 × 3) + (1 × 3) = 6 + 3 = **9 €**.
• Coût total : 18 + 9 = **27 €**.

> Expliquez à votre enfant que *le coût* signifie « le prix ». Demandez-lui combien de membres comporte cette famille et partagez-la en deux groupes : ceux qui ont moins de 12 ans, ceux qui ont plus de 12 ans.

6 L'Antiquité : (A) et (G) / le Moyen Âge : (B) et (F) / les Temps modernes : (E) et (H) / l'époque contemporaine : (C) et (D).

16. Un dada bien utile .... p. 48

1 • Le cheval de trait était utilisé pour **tirer des véhicules, des bateaux et du matériel agricole**.
• Aujourd'hui, on l'utilise pour la **collecte des déchets, la visite de quartiers historiques**, le **nettoyage des plages** ou le **ramassage scolaire**.
• Le cavalier éprouve de la **confiance** et du **respect** pour son cheval.

2 Il faut colorier : Pourquoi ? / Quand ? / Où ?

3 Un œuf à cheval → un œuf au plat déposé sur un autre mets / une fièvre de cheval → une fièvre très élevée / monter sur ses grands chevaux → s'emporter très vite / être à cheval sur quelque chose → être très ferme vis-à-vis de quelque chose / un remède de cheval → une manière de se soigner avec de très fortes doses / lâcher les chevaux → tout donner, aller jusqu'au bout / avoir mangé du cheval → avoir une énergie inhabituelle.

4 • 3 × 3 = 9 m²
Chaque box fait **9 m²**.
• 9 × 12 = 108 m²
L'ensemble des box mesure **108 m²**.
• (3 × 3) × 7 = 9 × 7 = 63 m²
La surface de l'allée est de **63 m²**.
• 108 + 63 + (2 × 9) = 108 + 63 + 18
= 189 m²
La surface totale de l'écurie est de **189 m²**.
• Le cheval parcourt 2 tours en 3 minutes, donc 2 000 m.
8 km correspondent à 8 000 m, soit 4 × 2 000 m, soit 4 × 3 minutes = 12 min.
Le cheval mettra **12 minutes** pour faire 8 km.

5 Jules César → 59 av. J.-C. / Charlemagne → 768 / Louis XIV → 1643 / Napoléon Ier → 1804 / Élisabeth II (reine du Royaume-Uni) → 1953.

Jeux et activités

Des gestes pour la planète .... pp. 16-17

• **Le tri sélectif** (p. 16)

• **Le jeu des bons gestes** (p. 17)
Il faut barrer les actions **1** et **4**.

Sur leurs traces .... pp. 28-29

• **Jeu de piste** (p. 28)
(De haut en bas) : Un moustique → [animal] / une étoile de mer (ou astérie) → [animal] / un poisson → [animal] / une plume d'oiseau → [animal] / une feuille d'arbre → [végétal].

• **Le jeu des pattes** (p. 29)
(A) → chien / (B) → ours / (C) → cerf / (D) → chat / (E) → rat.

Le trésor des pirates .... pp. 42-43

• **Le jeu de la fortune** (p. 43)
(5 × 500) + (9 × 200) + (9 × 100)
= 2 500 + 1 800 + 900 = **5 200 €**.

traces

INFO

Qu'est-ce qu'un fossile ?

Un fossile est le reste (coquille, os, dent, graine, feuille…) ou l'empreinte d'un animal ou d'un végétal conservé dans de la roche. Les fossiles nous ont apporté des témoignages parfois vieux de plus de 3 milliards d'années…

IL TE FAUT

- Du plâtre
- Des boîtes de camembert
- 1 pinceau
- De l'huile

La prise d'empreinte

L'EMPREINTE EN NÉGATIF

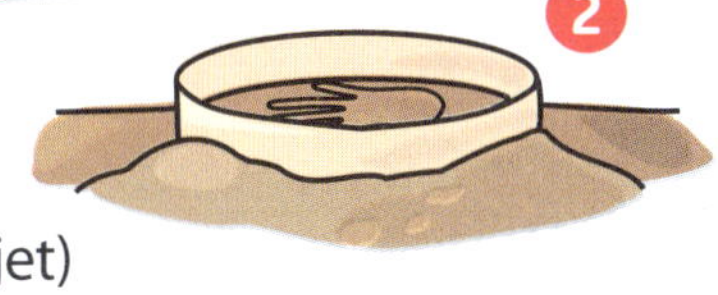

1. Pour obtenir une belle empreinte, appuie fortement ta main (ou un objet) dans de la terre humide.
2. Encercle l'empreinte avec la bordure d'un couvercle de camembert.
3. Mélange le plâtre avec de l'eau pour obtenir une pâte épaisse.
4. Verse ce mélange sur l'empreinte et attends 20 minutes avant de démouler. Tu as maintenant un négatif de l'empreinte !

L'EMPREINTE EN POSITIF

5. Prépare un mélange de plâtre et d'eau, et fais-le couler dans une boîte de camembert. Ne la remplis qu'à moitié.
6. Avec un pinceau, huile le plâtre négatif que tu as obtenu. Tu empêcheras ainsi le plâtre liquide de coller.
7. Plonge ton empreinte dans le plâtre liquide et attends 20 minutes.

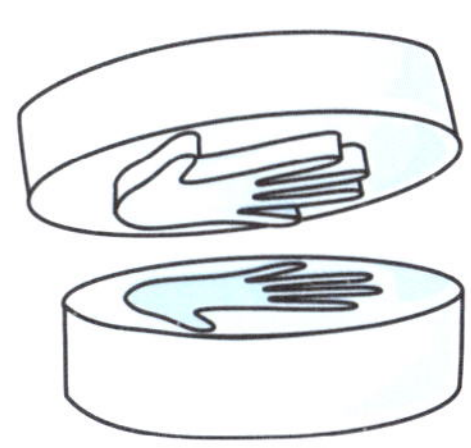

À présent, tu as un positif et un négatif. Tu peux les nettoyer, les peindre et noter à quoi ces empreintes correspondent…

Le jeu des pattes

Relie chaque nom d'animal à la trace qui lui appartient.

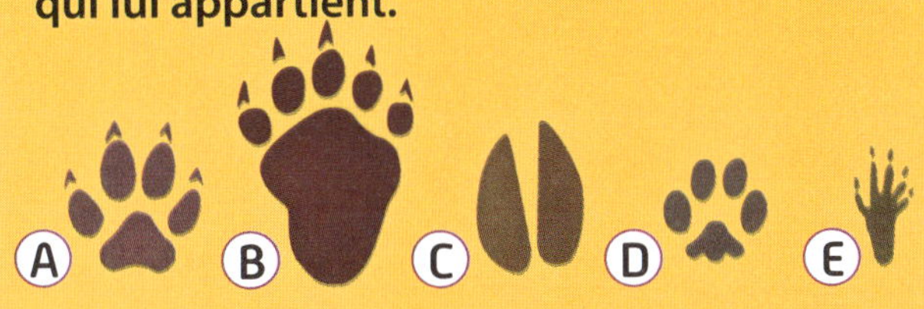

1. cerf 2. chat 3. rat 4. chien 5. ours

Solution du jeu page 8 des corrigés.

ASTUCE !

Pour faire une fiche d'empreintes digitales

1. Sur une feuille cartonnée, écris ton nom, colle ta photo et trace en dessous un tableau de 2 × 5 cases.
2. Pose tes doigts sur une éponge imbibée d'encre noire, puis sur les cases de la feuille cartonnée.

La belle

La Terre doit son surnom de « planète bleue » à l'abondance de l'eau qui la recouvre. Mais l'eau potable reste un bien rare. En comparaison, si l'eau de mer (mers et océans) tenait dans un seau, l'eau douce gelée des pôles et des glaciers ne remplirait qu'une tasse à café et l'eau douce des lacs, des rivières et des nappes souterraines tiendrait dans une cuillère !

La quantité d'eau sur Terre ne varie pas : l'eau, qui suit un cycle perpétuel, est donc la même depuis les origines. Ainsi, on peut imaginer que l'eau que tu es en train de boire, un homme préhistorique l'a bue avant toi !

As-tu bien lu ?

1 Complète la grille grâce aux définitions.

1. Vaste étendue d'eau salée.
2. Étendue d'eau douce.
3. Nom de chaque extrémité de la Terre.
4. Transformé en glace.
5. Couleur de notre planète.
6. Qualifie l'eau qui n'est pas salée.

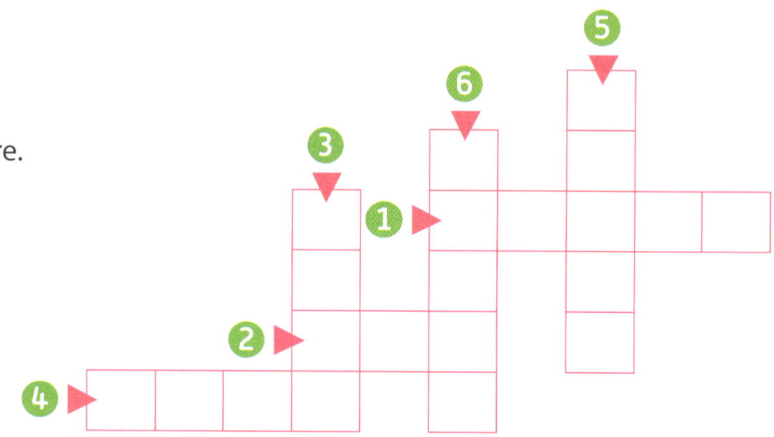

Français

2 Souligne le complément d'objet direct dans chaque phrase et remplace-le par un pronom personnel.

AIDE 6 Page 51

Ex. : On remplace le pétrole et le charbon par d'autres sources d'énergie.
→ On les remplace par d'autres sources d'énergie.

- On capte l'énergie solaire dans les régions chaudes.

....

- En Islande, les sources d'eau chaude remplacent le chauffage.

....

- On étudie aussi la force des vagues.

....

- De nombreux pays installent des éoliennes.

....

bleue !

9

BRAVO !
Colle ici ton étoile

Maths

Masse des déchets produits chaque année par un habitant

AIDE 15 Page 54

AIDE 22 Page 56

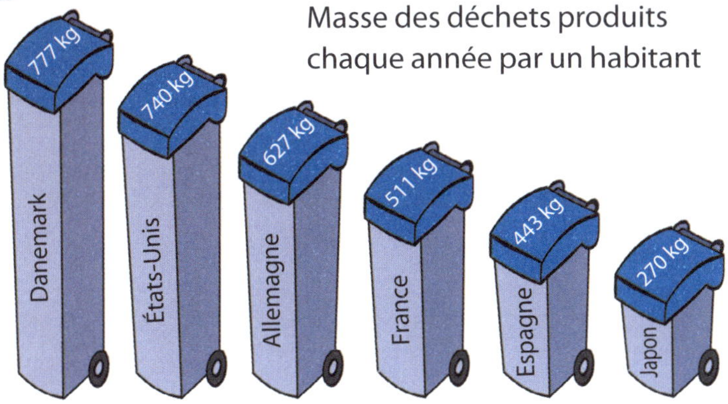

3 **Calcule, en tonnes, la masse de déchets que produirait un habitant de chacun de ces pays pendant 10 ans.**

Ex. : Danemark : 777 × 10 = 7 770 kg = 7 t et 770 kg
= 7,770 t

- États-Unis : ……
- Allemagne : ……
- France : ……
- Espagne : ……
- Japon : ……

4 **Convertis ces mesures dans l'unité indiquée.**

AIDE 22 Page 56

- 3 t 145 kg = …… kg
- 2 kg 125 g = …… g
- 13 hg 5 g = …… g
- 2 400 mg = …… g
- 1,325 g = …… mg
- 4 g 500 mg = …… mg
- 4 567 kg = …… t
- 170 kg = …… t

Charade

Mon premier est le dieu du vent chez les Grecs.
Mon second est un mammifère charognard de la savane, célèbre pour son ricanement.
Mon tout est un engin qui fabrique de l'électricité grâce au vent.

Réponse : Éole – hyène → éolienne.

EMC

5 **Les parcs nationaux de France ont imaginé des pictogrammes nous rappelant comment protéger la nature. À toi de les légender !**

Camping interdit

A ……

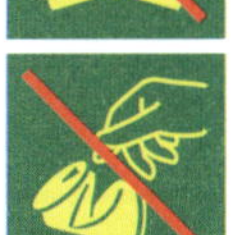

B ……

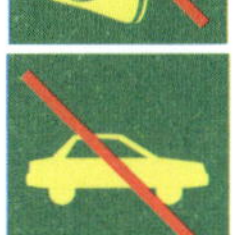

C ……

D ……

E ……

F ……

Des...

Les Perséides sont un nuage d'étoiles filantes apparaissant l'été entre fin juillet et fin août dans la constellation de Persée dans l'hémisphère Nord. La nuit du 11 au 12 août est en général la plus spectaculaire. Ces météorites proviennent de poussières de la taille d'un grain de sable laissées par la comète Swift-Tuttle. Quand elles croisent l'orbite terrestre, elles rentrent dans l'atmosphère, s'échauffent et forment ce qu'on appelle des étoiles filantes. Pour les observer, il faut un peu de patience, une chaise longue ou un matelas de sol ; et surtout, se tenir le plus éloigné possible des sources de lumière par une nuit sans nuages et sans lune.

As-tu bien lu ?

1 Utilise des mots du texte pour compléter la grille.

1. Bien utile pour observer les étoiles filantes !
2. Nom scientifique de l'étoile filante.
3. Elle laisse traîner de la poussière derrière elle !
4. Constellation où l'on peut observer le plus de météorites.
5. Elles peuvent être fixes ou filantes.
6. Impossible d'observer les météorites quand elle est pleine !
7. Il peut cacher les étoiles la nuit.

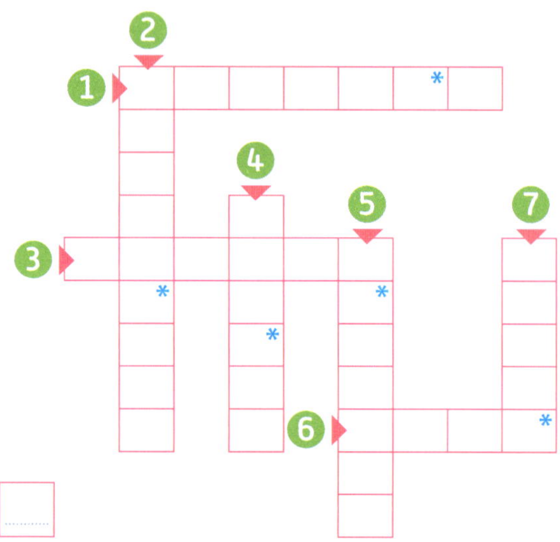

Avec les lettres suivies d'une étoile, tu trouveras la réponse à la définition suivante :
« **Corps qui se déplace dans le ciel.** » ....

Français

2 Conjugue au futur de l'indicatif les verbes entre parenthèses.

AIDE 11 Page 52

Ex. : Je (regarder) regarderai le ciel tous les soirs.

- Tu n' (oublier) .... pas tes jumelles !
- Dans quelques siècles, les Terriens (aller) .... peut-être en croisière dans l'espace.
- La navette spatiale (atterrir) .... demain matin.
- Nous ne (voir) .... pas les étoiles si le ciel se couvre.
- Quand (revenir) .... le soleil ?

astres

Charade

Mon premier est le contraire de *petite*.
Mon second est la femelle de l'ours.
Mon tout est une constellation que tu peux voir l'été, par nuit claire, et qui ressemble à une casserole !

Réponse : grande – ourse → Grande Ourse.

Tu as fini ?
10
BRAVO !
Colle ici ton étoile

Maths

3 Une année est le temps que met une planète à faire le tour du Soleil. L'année de la Terre dure ainsi 365 jours, tandis qu'une année d'Uranus dure 84 ans.

AIDE 15 Page 54

Durée d'une année	Planète
88 j	Mercure
225 j	Vénus
365 j	Terre
1 an 322 j	Mars
11 ans 318 j	Jupiter
29 ans 175 j	Saturne
84 ans	Uranus
164 ans	Neptune

- **Quel âge (en années) aurait sur Terre un Uranusien de 18 ans ?**

$84 \times 18 =$ ……………………

- **Quel âge (en années ou en jours) aurait sur Terre :**

– un Neptunien de 23 ans ? …………………… ans.

– un Vénusien de 67 ans ? …………………… jours.

– un Mercurien de 14 ans ? …………………… jours.

4 Dans le système Imaginia, la planète Pandorus est à 137 unités astronomiques (UA) de son soleil. (UA : 149 597 870 700 mètres, soit la distance de la Terre au Soleil.)

Calcule, en UA, les distances de ces planètes par rapport à leur soleil.

- La planète Dune est 10 fois plus loin que Pandorus. ……………………
- La planète Kryptonia est 100 fois plus loin que Dune. ……………………
- La planète Aurora est 1 000 fois plus loin que Kryptonia. ……………………

Sciences

5 **Que trouve-t-on dans l'espace ? Écris sous chaque image la lettre correspondante.**

A Comète : petit corps céleste qui, à proximité du Soleil, libère des gaz et poussières formant la chevelure et la queue.

B Étoile : astre qui émet sa propre lumière, brillant dans le ciel.

C Planète : astre qui n'émet aucune lumière.

D Satellite artificiel : objet construit par l'homme qui tourne autour d'une planète.

Let's move!

Bougeons !

1 Qu'est-ce que tu fais ? Écoute et répète les phrases en anglais.

2 Que font-ils ?

Observe les images et coche la bonne réponse.

- **What is he doing?**

He is riding a bike. ☐
He is fencing. ☐

- **What is he doing?**

He is playing marbles. ☐
He is playing ping-pong. ☐

- **What is he doing?**

He is roller blading. ☐
He is mountain biking. ☐

- **What are they doing?**

They are doing ballet. ☐
They are windsurfing. ☐

Vocabulary
Vocabulaire

To score a basket	marquer un panier
To ride a bike	faire du vélo
Marbles	billes
To play	jouer
To roller blade	faire du roller
Ballet	danse classique
Windsurf	planche à voile
Diving	plongeon
Fencing	escrime
Karate	karaté

PISTE 1

Écoute l'anglais de ces jeux sur notre site www.parascolaire.hachette-education.com

3 À la plage

Colorie seulement les activités que tu as déjà pratiquées.

Marbles

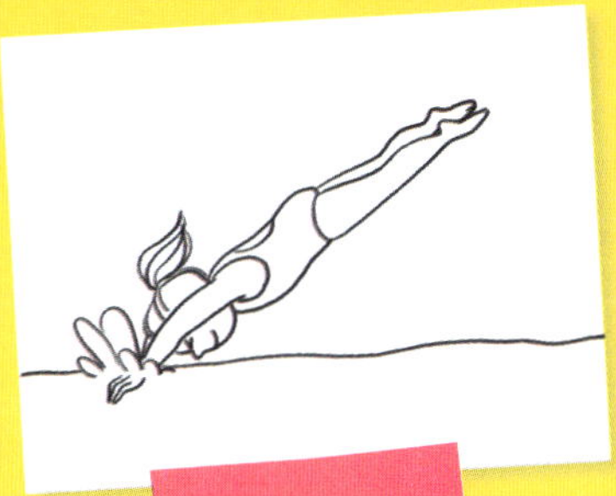

Diving

Riding a bike

Beach tennis

Surfing

4 L'esprit d'équipe.

Écris à côté de chaque sport s'il s'agit d'un sport collectif (team sport), d'un sport individuel (individual sport) ou les deux.

Tennis: ....

Football: ....

Rugby: ....

Fencing: ....

Karate: ....

Toujours

À environ 4 810 m, le mont Blanc, le plus haut sommet des Alpes, est le toit de l'Europe.

Appelé « montagne maudite » au XVIe siècle, le mont Blanc représentait pour les bergers de la vallée de Chamonix un désert de rochers et de glaciers dangereux. Excepté pour quelques chasseurs de chamois et chercheurs de cristaux, il restera inaccessible jusqu'au 8 août 1786. C'est en effet ce jour-là que Jacques Balmat et Gabriel Paccard, relevant le défi lancé par Horace-Bénédict de Saussure, atteignirent son sommet.

1 As-tu bien lu ?

- À quelle altitude culmine le mont Blanc ? ....
- Comment appelait-on le mont Blanc au XVIe siècle ? ....
- Quels alpinistes atteignirent les premiers son sommet ? ....

Devinette

Qu'appelle-t-on « le toit du monde » ?

Réponse : c'est le point le plus haut du monde (8 848), l'Everest, situé dans la chaîne de l'Himalaya, au Népal.

Français

2 Accorde les adjectifs entre parenthèses et souligne le nom auquel ils se rapportent.

AIDE 4 Page 50

- L'alpiniste atteint le sommet (escarpé) ....
- Les cimes restent (enneigé) .... tout l'été.
- De (haut) .... cheminées fument sur les toits.
- Cette ferme (montagnard) .... paraît (abandonné) ....
- On voit souvent d'(élégant) .... cigognes sur les toits (alsacien) ....

3 Transforme l'adjectif épithète en complément du nom.

AIDE 8 Page 51

Ex. : un village montagnard
→ un village de montagne

- une pyramide égyptienne
→ ....
- une grotte préhistorique
→ ....
- une ferme provençale
→ ....
- un château médiéval
→ ....

plus haut

11
BRAVO !
Colle ici ton étoile

Maths

4 Une famille de 5 personnes part en vacances à la montagne pour une semaine. Elle dépense 52 € par jour et par personne pour l'hôtel et 76 € pour le transport aller-retour.

AIDE 15 Page 54

Combien dépensent-ils chaque jour à l'hôtel ? ....

Combien dépensent-ils pour la semaine à l'hôtel ? ....

Quel sera le prix de leur séjour ? ....

5 Chaque résultat correspond à une couleur :

- 2 = rouge
- 20 = jaune
- 200 = bleu

Calcule puis colorie les tuiles du toit.

4 × 5	0,5 + 1,5	3,5 − 1,5	50 × 4	0,2 + 1,8	3,8 − 1,8	10 × 2	12 − 10
2 × 10	12,7 − 10,7	100 × 2	25 × 8	(2 × 4) − 6	10 + 10	15 + 5	
25 − 5	18 − (4 × 4)	(8 × 4) − 30	40 × 5	56 − (6 × 9)	3,4 − 1,4	100 : 5	10 : 5
80 : 4	18 : 9	1 000 : 5	500 − 300	20 : 10	16,4 + 3,6	9,3 + 10,7	
16 : 8	2,8 − 0,8	10 × 20	(6 × 5) − 28	100 : 50	40 : 2	(6 × 7) − 40	
100 − 98	20 × 10	500 − 300	10,5 − 8,5	16,4 + 3,6	400 : 20		

Histoire

6 **À l'aide des croquis ci-contre, détermine le style de chacun de ces portails d'églises ou de cathédrales du Moyen Âge : écris R pour roman, G pour gothique.**

R

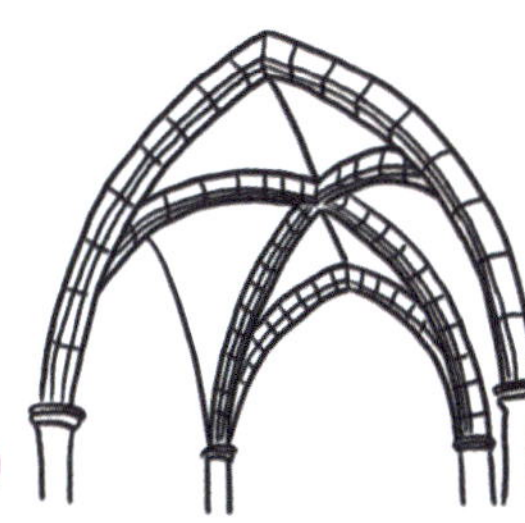
G

Amiens ☐

Metz ☐

Salon-de-Provence ☐

Reims ☐

Bayeux ☐

Arles ☐

C'est dans

Glace à la fraise

Ingrédients :
- 500 g de fraises
- 1 citron
- 250 g de sucre
- 250 mL de crème fraîche épaisse

Lave et équeute les fraises. Coupe-les en deux. Presse le citron. Mixe les fraises, le sucre, la crème fraîche et le jus de citron pendant quelques minutes pour que le mélange soit bien onctueux.

Verse la préparation dans ton moule. Place-la au congélateur pendant 8 heures. Sers la glace décorée de feuilles de menthe.

1 As-tu bien lu ?

- De quels ingrédients as-tu besoin ?

....

- Entoure les ustensiles qui te sont nécessaires : un moule – une sorbetière – un mixeur – un couteau – un presse-citron – un rouleau à pâtisserie – un fouet
- Combien de temps ta préparation doit-elle rester au congélateur ? ....

Français

2 Complète le tableau en conjuguant les verbes au passé composé.

AIDE 12 Page 52

	mélanger	pétrir	prendre	tomber
j'/je	j'ai mélangé			
il				
elles				

3 Écris chaque série de mots dans l'ordre alphabétique.

- tasse – couteau – assiette – verre – fourchette – plat – saladier

....

....

- acide – onctueux – épais – sucré– amer – liquide – salé

....

....

Tu as fini ?

12

BRAVO !
Colle ici ton étoile

l'assiette !

Maths

4 **Aide Lucas à calculer ces mesures.**

AIDE 16 Page 54

120 g de beurre : 3 = ... g   150 g de farine : 3 = ... g   150 g de sucre : 2 = ... g

5 Lucie veut réaliser un soufflé au chocolat pour ses 8 invités. Mais la recette de tante Marie est très bizarre ! Les quantités sont incomplètes.

AIDE 17 Page 54

Aide Lucie à s'y retrouver.
Tu peux, bien sûr, compléter l'ensemble du tableau.

4 personnes	8 personnes	12 personnes
125 g de chocolat		
	100 g de beurre	
60 g de sucre		
		9 œufs
		$\frac{3}{4}$ de litre de lait

Rébus

Réponse : rue – barbe → rhubarbe.

Géographie

6 **Les spécialités françaises**

Écris sur la carte le numéro de chaque plat traditionnel.

1 Fromage de brebis (Pyrénées) 

2 Camembert (Normandie) 

3 Choucroute (Alsace) 

4 Escargot (Bourgogne) 

5 Farine de châtaigne (Corse) 

6 Artichaut (Bretagne) 

7 Endive (Nord) 

8 Salade niçoise (région de Nice) 

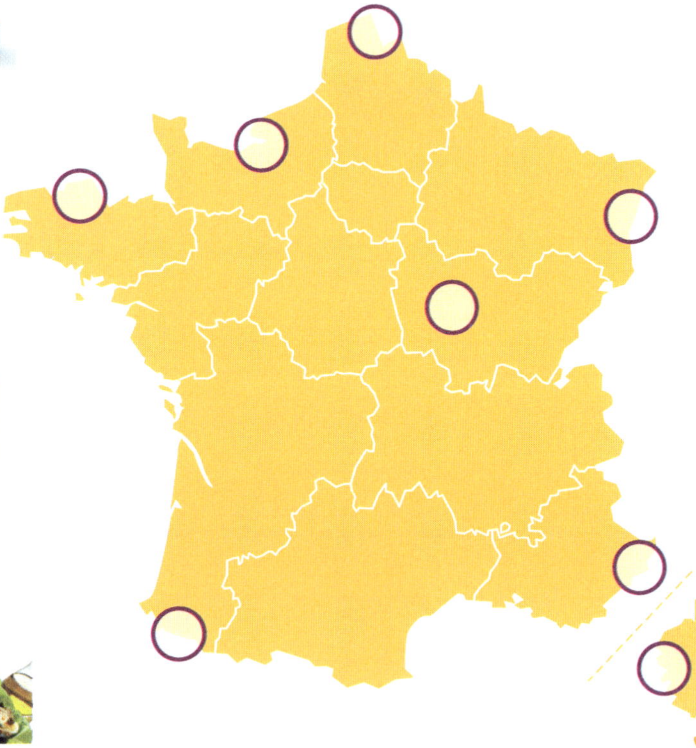

Allô !

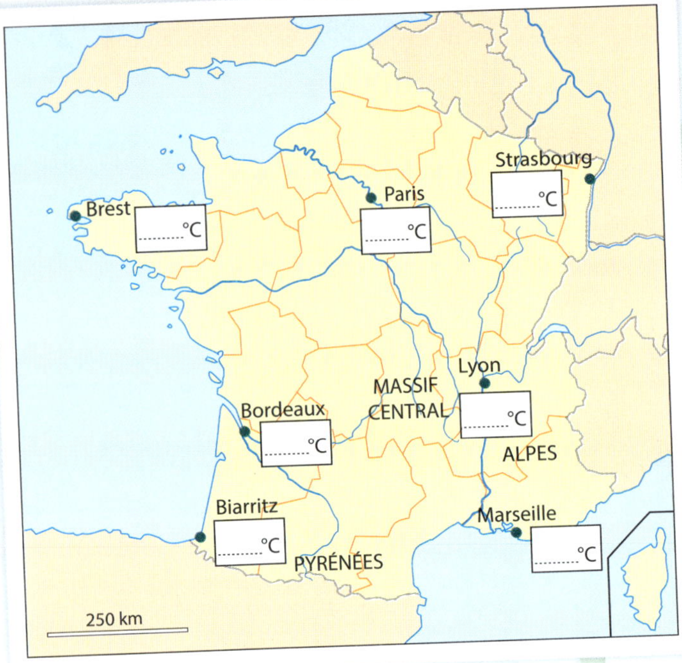

Le message de Météo-France

Au nord de la Loire, le ciel sera couvert.

Au sud de la Loire, le temps sera ensoleillé malgré quelques orages sur les massifs montagneux.

Quelques nappes de brouillard persisteront le matin sur Strasbourg et Brest. Des rafales de vent agiteront la mer à Marseille et à Biarritz.

Températures

15 °C à Paris, Brest et Strasbourg ;
20 °C à Lyon et Bordeaux ;
25 °C à Biarritz et Marseille.

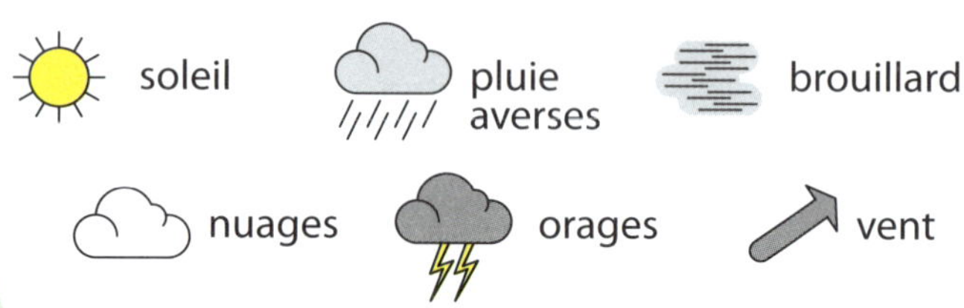

1 As-tu bien lu ?

Dessine sur cette carte les symboles météorologiques et place les températures qui conviennent.

Français

2 Écris l'adjectif au féminin et transforme-le en adverbe de manière.

AIDE 2 Page 50

Ex. : froid → froide → froidement

- glacial → .... → ....
- terrible → .... → ....
- rigoureux → .... → ....
- vif → .... → ....

3 Ajoute le suffixe -mètre à chaque fin de mot, puis relie chaque instrument à son usage.

chrono → Le chronomètre •
baro → Le .... •
pluvio → Le .... •
anémo → L' .... •
thermo → Le .... •

• mesure la pression atmosphérique.
• mesure la vitesse du vent.
• mesure le temps (qui passe).
• mesure la température.
• mesure la quantité de pluie.

À l'eau !

Devinette

Qui voyage jour et nuit sans quitter son lit ?

Réponse : la rivière.

Maths

4 **Trouve l'unité de contenance qui convient à ces récipients : L, dL, cL, mL.**

Ex. : une bouteille d'eau minérale = 1,5 L

- un réservoir d'essence = 40 ……
- une cuillère à café = 0,5 ……
- un seau d'eau = 10 ……
- un verre de jus d'orange = 12 ……
- un dé à coudre = 1 ……
- un bol de chocolat = 35 ……
- une assiette de soupe = 3 ……
- une tasse à café = 120 ……

5 **Effectue les divisions suivantes (quotients exacts).**

AIDE 16 Page 54

725 | 5

1 924 | 4

12 714 | 26

27 048 | 56

6 Dans une maison de vacances, on utilise chaque jour 55 L d'eau pour la cuisine et 245 L d'eau pour la toilette et l'entretien. **Quelle sera la consommation d'eau pour les mois de juillet et août ? (Ces deux mois comportent 31 jours.)**

AIDE 23 Page 56

- **Combien utilise-t-on d'eau par jour ?**

……

- **Combien y a-t-il de jours de vacances ?**

……

- **Quelle est la consommation totale d'eau (en hL) ?**

……

Sciences

7 **Drôles de mélanges !**

Observe les schémas, puis complète les phrases avec les mots miscible, soluble, non miscible, non soluble. Tu peux aussi effectuer les mélanges avec tes parents.

Ⓐ Le sel est …… dans l'eau.

Ⓑ Le sirop est …… dans l'eau.

Ⓒ L'huile est …… dans l'eau.

Ⓓ Le sable est …… dans l'eau.

Le trésor

RÈGLE DU JEU

1. Tous les joueurs placent leur pièce sur la case « Départ ».
2. À tour de rôle, chaque joueur lance le dé et avance sa pièce du nombre de cases indiqué par le dé.
3. Le joueur qui arrive le premier sur le trésor a gagné.
4. Le joueur qui fait un nombre plus grand doit reculer d'autant de cases jusqu'à ce qu'il tombe juste sur la case « Trésor ».

MATÉRIEL

CASES SPÉCIALES

Recule de 2 cases.

Rejoue.

Passe ton tour.

des pirates

INFO

Pirate ou corsaire ?

Il existe une énorme différence entre pirate et corsaire.
Si tous les deux pillaient les bateaux, le corsaire, lui, avait une lettre du roi ou du gouvernement qui l'autorisait à attaquer les navires des pays ennemis !

IL TE FAUT

- Du carton
- Du papier aluminium
- De la peinture, des feutres
- De la ficelle, des ciseaux
- 1 couvercle
- 1 crayon de maquillage
- 1 vieux tee-shirt
- 1 vieux pantalon

Un vrai pirate

1. Découpe dans du carton un pochoir de tête de mort.
2. Peins l'intérieur du pochoir sur ton tee-shirt, ton foulard…

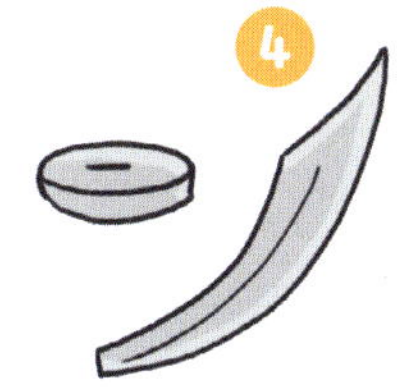

3. Découpe les manches de ton tee-shirt et le bas de ton pantalon.
4. Dans du carton, découpe ton sabre et recouvre-le de papier aluminium.
5. Pour le bandeau, découpe une forme triangulaire que tu peins en noir et perce deux trous sur les côtés pour passer la ficelle.
6. Demande à un adulte de te maquiller le visage (barbe, balafre, sourcils…).

Le jeu de la fortune

Compte le nombre de pièces et de pierres précieuses, puis calcule en euros la valeur totale du sac.

500 € 200 € 100 €

Solution du jeu page 8 des corrigés.

ASTUCE !

Si tu n'as pas de dé pour jouer :

1. Écris les chiffres de 1 à 6 sur 6 cartons ou 6 galets de mêmes dimensions.
2. Mets ces cartons ou galets dans un sac.
3. Au lieu de lancer le dé, chaque joueur pioche 1 carton ou 1 galet.

Drôle de

D'abord conçu pour observer l'ennemi en temps de guerre sans mettre aucun humain en danger, le drone (de l'anglais « bourdon », car il vole lentement en faisant le bruit du bourdon) offre aujourd'hui d'autres applications. Missions de surveillance de lieux dangereux ou inaccessibles, au cœur des ouragans, des incendies de forêts, des inondations… ; observations attentives des lignes électriques, des ponts, des voies ferroviaires ; et aussi prises de vues lors de grands événements comme la Coupe du monde de football, les Jeux olympiques ou les grands concerts. À quand le transport de passagers ou la livraison de courses par drone ?

1 As-tu bien lu ?

- Quelle est l'origine du mot « drone » ?

....

- Pour quel usage le drone a-t-il été conçu au départ ? ....
- Quels sont ses autres usages aujourd'hui ? ....

Français

2 **Encadre le verbe conjugué de chaque phrase, puis donne le temps, l'infinitif et le groupe de chaque verbe.**

Ex. : Galilée [fabrique] la première lunette d'astronomie en 1608. → présent ; fabriquer ; 1er groupe

- En 1859, Darwin émet l'idée de l'évolution dans son livre *L'Origine des espèces*.

→ ....

- En 1905, Albert Einstein dévoilait sa célèbre formule $E = mc^2$. → ....
- Le météorologue Alfred Wegener a lancé le premier l'hypothèse de la dérive des continents en 1912. → ....

3 **Encadre le verbe et souligne l'attribut du sujet de chaque phrase.**

Ex. : Le courriel et le texto [sont] des moyens rapides de communiquer.

- Une photo numérique est un ensemble de pixels.
- Les pouvoirs du numérique semblent illimités.
- L'utilisation de l'informatique nous paraît aujourd'hui normale.

14

BRAVO !
Colle ici ton étoile

drone !

Charade

Mon premier n'est pas habillé.
Mon deuxième est une étendue d'eau salée.
Mon troisième est le son qu'on produit quand on a le hoquet.
Mon tout est un langage informatique.

Réponse : nu – mer – hic → numérique.

Maths

4 Axel fait ses courses sur Internet. Il commande en ligne des pâtes à 1,05 €, des steaks hachés à 9,85 €, des yaourts aux fruits à 2,89 €, des céréales pour le petit déjeuner à 2,12 €, du jus d'orange à 2,00 € et des glaces à 3,50 €.

AIDE 14 Page 53

- **Combien Axel doit-il payer pour ses achats ?**

- **Axel bénéficie d'une remise de 0,50 € sur les cônes glacés. Quel est le prix définitif de ses achats ?**

5 **Lis le texte et réponds aux questions.**

AIDE 24 Page 56

8 h 30, Sylvain lit son journal sur sa tablette en prenant son petit déjeuner. À 9 h, Sylvain quitte sa maison pour aller au bureau. Après sa réunion de 10 h 30 à 11 h 15, il reçoit un sms de son dentiste qui lui confirme son rendez-vous de 13 h ! Sylvain sort de chez le dentiste à 14 h. Il repart au bureau. À 18 h, son dernier rendez-vous est terminé. À 19 h, retour à la maison, ouf !

- Combien de temps dure la réunion de Sylvain ?
- Combien de temps dure son rendez-vous chez le dentiste ?
- Calcule le temps passé par Sylvain hors de sa maison.

Technologie

6 Une brève histoire de l'appareil photo

Range ces modèles d'appareils photo dans l'ordre chronologique, du plus ancien A au plus récent D.

1948 – Polaroid

1963 – Appareil photo argentique

XXIe siècle – Appareil photo numérique

1839 – Daguerréotype

Dans le

Au sud-est de l'île de la Réunion, département français de l'océan Indien, le piton de la Fournaise est un volcan toujours en activité, avec des périodes de sommeil et des périodes éruptives. C'est un volcan qui a deux cratères à son sommet, le cratère Dolomieu et le cratère Bory, et qui culmine à 2 621 m.

Lors de l'énorme éruption qui a eu lieu en 2007, les coulées de lave ont dévalé les pentes jusqu'à l'océan, provoquant un réchauffement brusque de l'eau. De nombreux poissons sont morts. Le fond du cratère Dolomieu s'est subitement effondré, laissant place à un gouffre profond de 300 mètres.

En juillet 2015, nouvelle éruption. Une impressionnante fissure longue de 200 m apparaît alors : 16 fontaines de lave inondent le ciel avec des gerbes de 40 m de hauteur et créent immédiatement de belles rivières de lave et plusieurs cratères.

1 As-tu bien lu ?

- Où se trouve le piton de la Fournaise ?

....

- Cite le nom d'un des cratères du volcan.

....

- En 2015, que créent les fontaines de lave ?

....

Français

2 Pour chaque adjectif, écris un adjectif de sens contraire.

large → ....

lointain → ....

rare → ....

endormi → ....

brûlant → ....

sombre → ....

rapide → ....

humide → ....

faible → ....

diurne → ....

3 Complète les verbes avec -é ou -er, comme dans l'exemple.

AIDE 5 Page 50

Ex. : Les hommes ont toujours cherché à mesurer les phénomènes géologiques.

- Pour all...... observ...... des éruptions, les volcanologues Maurice et Katia Krafft ont escalad...... de nombreux cratères.
- Certains volcans peuvent explos...... ; le magma est alors pulvéris...... et projet...... à de grandes distances.
- Un raz-de-marée est souvent provoqu...... par une éruption sous-marine.

ventre de la Terre

Tu as fini ?

15

BRAVO !
Colle ici ton étoile

Maths

4 **Retrouve le nombre manquant dans chaque division.**

AIDE 16 Page 54

54 : 9 = ...   36 : .... = 9   81 : .... = 9

24 : .... = 4   .... : 12 = 6   20 : .... = 2

5 **Observe bien les tarifs et calcule le coût de cette visite.**

AIDE 15 Page 54

GROTTES DE LAQUEZOU

Visites guidées

Adultes	4 €
Enfants – 12 ans	demi-tarif
Groupes + 10 pers.	3,40 €

Promenade en barque

Adultes	2 €
Enfants – 12 ans	demi-tarif
Groupes + 10 pers.	1,60 €

Paul, 11 ans, accompagné de ses deux parents, de sa grand-mère, de son frère, âgé de 8 ans, et de sa petite sœur, âgée de 4 ans, visite les grottes de Laquezou.
Toute la famille décide d'effectuer la promenade en barque.
Quel est le coût total de cette sortie ?

- Coût des visites guidées : ....
- Coût de la promenade en barque : ....
- Coût total : ....

Histoire

Blague

Maman Volcan dit à son fils :
– Alors, tu te laves ?
Il lui répond :
– Oh, ça va, il n'y a pas le feu !

6 **L'histoire et les objets**

Place ces images sous la période de l'histoire qui leur correspond.

L'Antiquité	Le Moyen Âge	Les Temps modernes (1492-1789)	L'époque contemporaine

A 

B 

C 

D 

E 

F 

G 

H 

Un dada

Le cheval de trait servait autrefois à tirer des chariots, du matériel agricole, des diligences, des bateaux sur les voies navigables… C'est en général un cheval puissant et de grande taille. De nos jours, on l'utilise à nouveau dans certains villages et villes de France : collecte des déchets (benne hippomobile), visite de quartiers historiques, nettoyage des plages et ramassage scolaire !

L'équitation est un loisir, un sport mais aussi un art. On y apprend à s'occuper d'un cheval, à le monter en souplesse et à le diriger selon des techniques précises, basées sur la confiance et le respect. Ainsi, on peut profiter du cheval pour les randonnées, mais aussi se lancer dans la course d'obstacles ou le dressage.

1 As-tu bien lu ?

- Cite deux tâches que faisait le cheval de trait autrefois.

……………………………………………………………………………………………………

- Cite une activité pour laquelle on l'utilise aujourd'hui. ……………………………………
- Quels sont les deux sentiments qui lient le cavalier à son cheval ?

……………………………………………………………………………………………………

Français

2 À quelle question répond le complément circonstanciel ? Colorie la bonne case.

Joël est arrivé à l'heure **grâce à son cheval**.	Pourquoi ?	Quand ?	Où ?
La jument mettra bas **dans quelques semaines**.	Pourquoi ?	Quand ?	Où ?
Dans les box, tous les animaux sont paisibles.	Pourquoi ?	Quand ?	Où ?

3 Relie chaque expression à son explication.

un œuf à cheval •	• une fièvre très élevée
une fièvre de cheval •	• avoir une énergie inhabituelle
monter sur ses grands chevaux •	• s'emporter très vite
être à cheval sur quelque chose •	• une manière de se soigner avec de très fortes doses
un remède de cheval •	• un œuf au plat déposé sur un autre mets
lâcher les chevaux •	• être très ferme vis-à-vis de quelque chose
avoir mangé du cheval •	• tout donner, aller jusqu'au bout

bien utile

Tu as fini ?

16

BRAVO !
Colle ici ton étoile

Maths

4 Monsieur Mulassier a construit une écurie afin d'y accueillir ses chevaux. Chaque box, comme la sellerie et l'aire de pansage, mesure 3 m de côté. La largeur de l'allée centrale est également de 3 m.

AIDE 15 Page 54

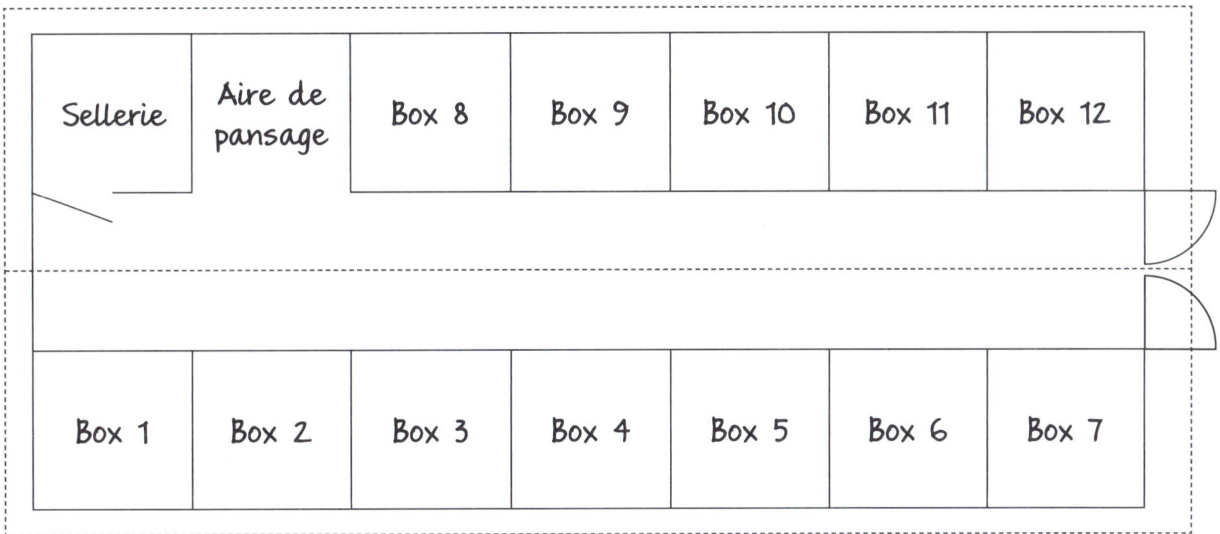

- **Quelle est la surface de chaque box ?** ....
- **Quelle est la surface de tous les box ?** ....
- **Quelle est la surface de l'allée ?** ....
- **Quelle est la surface totale de l'écurie ?** ....

La piste d'entraînement mesure 1 000 m. Un cheval trotteur parcourt 2 tours de piste en 3 minutes.

- **En combien de temps parcourt-il 8 km ?** ....

....

Charade

Mon premier est un obstacle dans une course de chevaux.
Avec mon second, on mange la soupe.
Mon tout est une artiste de cirque très à cheval.

Réponse : haie – cuillère → écuyère.

Histoire

5 **Relie chaque souverain à la date du début de son règne.**

Jules César •	• 1643
Charlemagne •	• 1804
Louis XIV •	• 59 av. J.-C.
Napoléon Ier •	• 1953
Élisabeth II (reine du Royaume-Uni) •	• 768

AIDE-MÉMOIRE

Français

AIDE 1 — Les homonymes

- **Ou** (sans accent) est une conjonction de coordination qu'on peut remplacer par **ou bien**.

Ex. : Vas-tu à la mer **ou** (**ou bien**) à la montagne ?

- **Où** (avec accent) indique une direction ou un moment.

Ex. : **Où vas-tu ?**

- **A** (sans accent) est le verbe **avoir** conjugué à la 3e personne du singulier du présent. On peut le remplacer par l'imparfait **avait**.

Ex. : Pierre **a** faim. → Pierre **avait** faim.

- **À** (avec accent) est une préposition invariable.

Ex. : Il pense **à** ses amis.

- **Est** est le verbe **être** conjugué à la 3e personne du singulier du présent. On peut le remplacer par l'imparfait **était**.

Ex. : Pierre **est** frigorifié. → Pierre **était** frigorifié.

- **Et** est une conjonction de coordination. On peut la remplacer par **et puis**.

Ex. : Ils portent des bottes **et** (**et puis**) des gants.

AIDE 2 — Le féminin des noms et des adjectifs

Un invité → une invitée

Un musicien → une musicienne

Un boulanger → une boulangère

Un directeur → une directrice

Petit → petite

Heureux → heureuse

Captif → captive

AIDE 3 — Le pluriel des noms

- Un chien → des chiens
- Un clou → des clous

Attention ! des bijoux, des cailloux

- Un travail → des travaux

Attention ! des rails

- Un cheval → des chevaux

Attention ! des bals, des carnavals

AIDE 4 — L'accord dans le groupe nominal

- L'adjectif qualificatif **épithète** s'accorde toujours en genre (masculin ou féminin) et en nombre (singulier ou pluriel) avec le nom qu'il accompagne.

Ex. : Ma **petite** sœur.

- Dans un accord, le masculin l'emporte toujours sur le féminin.

Ex. : Mon frère et ma sœur sont **petits**.

- L'adjectif peut aussi être **attribut du sujet**. Il est alors séparé du nom qu'il accompagne par un verbe d'état (être, paraître, sembler…).

Ex. : Cet homme paraît **vieux**.

AIDE 5 — Participe passé en *-é* ou infinitif en *-er* ?

- Pour savoir s'il faut écrire **-é** (terminaison du participe passé) ou **-er** (terminaison de l'infinitif) à la fin d'un verbe, on peut s'aider en remplaçant le verbe en **-er** par un verbe en **-ir** ou en **-dre**.

Ex. : Il a **mangé** deux assiettes de spaghettis.
→ Il a **englouti** deux assiettes de spaghettis.
Il va **manger** une glace.
→ Il va **prendre** une glace.

- Attention, quand on écrit le participe passé en **-é**, il faut aussi penser à l'accorder.

Ex. : Elles sont venu**es** à la maison.

AIDE 6 — Les compléments d'objet

- Le complément d'objet direct (COD) se rattache directement au verbe. Il répond aux questions *Qui ? Quoi ?* posées après le verbe conjugué.
- Le complément d'objet indirect (COI) est relié au verbe par une préposition. Il répond aux questions *À qui ? À quoi ?* posées après le verbe conjugué.

Ex. : J'offre (Quoi ?) **des fleurs**
COD
(À qui ?) **à ma mère.**
COI

- Les pronoms compléments d'objets sont : **le**, **la**, **les**, **l'**, **lui**, **leur**, **en**…

Ex. : J'offre **les fleurs à ma mère.**
→ Je **les lui** offre.

AIDE 7 — Les compléments circonstanciels

- Les compléments circonstanciels sont souvent supprimables ou déplaçables dans la phrase.

Ex. : **Aujourd'hui**, je fais de la plongée.
Je fais de la plongée **aujourd'hui**.

- Ces compléments répondent principalement aux questions *Où ? Quand ? Pourquoi ?*

Ex. : (Quand ?) **Aujourd'hui**, je fais de la plongée (Où ?) **en Méditerranée**.

AIDE 8 — Le complément du nom

Le complément du nom complète le nom.
Il est introduit par une préposition (*à, de, en…*) ou un article défini contracté (*du, au, aux…*).

Ex. : un bol **de chocolat** → **de chocolat** est complément du nom « bol ».

AIDE 9 — Le présent de l'indicatif

Verbes du 1er groupe comme *chanter*	Verbes du 2e groupe comme *finir*	Verbes du 3e groupe comme *prendre*
Je chante	Je finis	Je pren**ds**
Tu chantes	Tu finis	Tu pren**ds**
Il, elle, on chante	Il, elle, on finit	Il, elle, on pren**d**
Nous chantons	Nous finissons	Nous prenons
Vous chantez	Vous finissez	Vous prenez
Ils, elles chantent	Ils, elles finissent	Ils, elles pren**n**ent

AIDE 10 — L'imparfait de l'indicatif

Verbes du 1er groupe comme *chanter*	Verbes du 1er groupe comme *manger*	Verbes du 2e groupe comme *finir*
Je chantais	Je man**geais**	Je finissais
Tu chantais	Tu man**geais**	Tu finissais
Il, elle, on chantait	Il, elle, on man**geait**	Il, elle, on finissait
Nous chantions	Nous mangions	Nous finissions
Vous chantiez	Vous mangiez	Vous finissiez
Ils, elles chantaient	Ils, elles man**geaient**	Ils, elles finissaient

AIDE 11

Le futur de l'indicatif

Verbes du 1er groupe comme *chanter*	Verbes du 1er groupe comme *crier*	Verbes du 2e groupe comme *finir*	Verbes du 3e groupe comme *venir*
Je chanterai	Je crierai	Je finirai	Je viendrai
Tu chanteras	Tu crieras	Tu finiras	Tu viendras
Il, elle, on chantera	Il, elle, on criera	Il, elle, on finira	Il, elle, on viendra
Nous chanterons	Nous crierons	Nous finirons	Nous viendrons
Vous chanterez	Vous crierez	Vous finirez	Vous viendrez
Ils, elles chanteront	Ils, elles crieront	Ils, elles finiront	Ils, elles viendront

AIDE 12

Le passé composé de l'indicatif

Le passé composé est formé de **l'auxiliaire** *être* ou *avoir* au présent suivi du **participe passé** du verbe conjugué.

Verbes du 1er groupe comme *chanter*	Verbes du 2e groupe comme *finir*	Verbes du 1er groupe comme *arriver*
J'**ai** chanté	J'**ai** fini	Je **suis** arrivé/ée
Tu **as** chanté	Tu **as** fini	Tu **es** arrivé/ée
Il, elle, on **a** chanté	Il, elle, on **a** fini	Il, elle, on **est** arrivé/ée
Nous **avons** chanté	Nous **avons** fini	Nous **sommes** arrivés/ées
Vous **avez** chanté	Vous **avez** fini	Vous **êtes** arrivés/ées
Ils, elles **ont** chanté	Ils, elles **ont** fini	Ils, elles **sont** arrivés/ées

Maths

AIDE 13 Nombres entiers et nombres décimaux

Partie entière									Partie décimale	
Classes									$\frac{1}{10}$ dizièmes	$\frac{1}{100}$ centièmes
unités de millions			unités de mille			unités simples				
c	d	u	c	d	u	c	d	u		
	1	7	2	8	0	0	5	6		
							2	7	6	8

AIDE 14 Addition et soustraction des nombres entiers et décimaux

	m	c	d	u	
	1	1	2		retenues
	1	9	8	5	terme
+		4	2	5	terme
+			1	9	terme
+				7	terme
	2	4	3	6	somme

	c	d	u	1/10	1/100	
			1			retenue
		3	2,	7		
+			0,	4		
		3	3,	1		somme

	m	c	d	u	
	2	$_{1}$0	$_{1}$4	$_{1}$6	retenues
–	1	$_{1}$7	$_{1}$8	9	retenues
	1	2	5	7	différence

	c	d	u	1/10	1/100	
	4	$_{1}$8	9,	$_{1}$0	$_{1}$0	retenues
–	1	9	$_{1}$5,	$_{1}$4	6	retenues
	3	9	3,	5	4	différence

Dans l'addition et la soustraction de nombres décimaux, il faut penser à **aligner les virgules** les unes sous les autres.

AIDE 15

La multiplication des nombres entiers

×	0	1	2	3	4	5	6	7	8	9	10
0	0	0	0	0	0	0	0	0	0	0	0
1	0	1	2	3	4	5	6	7	8	9	10
2	0	2	4	6	8	10	12	14	16	18	20
3	0	3	6	9	12	15	18	21	24	27	30
4	0	4	8	12	16	20	24	28	32	36	40
5	0	5	10	15	20	25	30	35	40	45	50
6	0	6	12	18	24	30	36	42	48	54	60
7	0	7	14	21	28	35	42	49	56	63	70
8	0	8	16	24	32	40	48	56	64	72	80
9	0	9	18	27	36	45	54	63	72	81	90
10	0	10	20	30	40	50	60	70	80	90	100

683 × 74 =
(683 × 4)
+ (683 × 70)

```
      6 8 3   multiplicande
  ×     7 4   multiplicateur
    2 7 3 2 }
+ 4 7 8 1 . } produits partiels
  5 0 5 4 2   produit
```

364 × 207 =
(364 × 7)
+ (364 × 200)

```
      3 6 4
  ×   2 0 7
    2 5 4 8
+ 7 2 8 . .
  7 5 3 4 8
```

Le chiffre 8, produit de 4 par 2 centaines, correspond à 8 centaines et doit être aligné sous le chiffre des centaines de 2 548, soit le chiffre 5.

Multiplier par : 10, 100, 1 000…

2 × 10 = 20

2 × 100 = 200

2 × 1 000 = 2 000

AIDE 16

La division des nombres entiers

On vérifie que la division est juste en multipliant le quotient par le diviseur puis en ajoutant le reste, s'il y en a un.

```
dividende → 1 4   2 0 2 | 4        → diviseur
          – 1 2         |--------
            0 2   2     | 3 5 5 0  → quotient
            – 2   0     |
              0   2 0   |
                – 2 0   |
                  0 0 2 |
                    – 0 |
reste    →            2 |
```

Quotient multiplié par diviseur :
3 550 × 4 = 14 200

Ajout du reste :
14 200 + 2 = 14 202

Le résultat obtenu est bien égal au dividende.

AIDE 17

Les fonctions numériques

→(m 3)→ signifie « multiplier par 3 »

→(d 2)→ signifie « diviser par 2 »

m 3 (→), d 3 (←)

0	0
1	3
2	6
3	9
5	15

d 2 (→), m 2 (←)

0	0
2	1
6	3
8	4
14	7

AIDE 18 — Les fractions

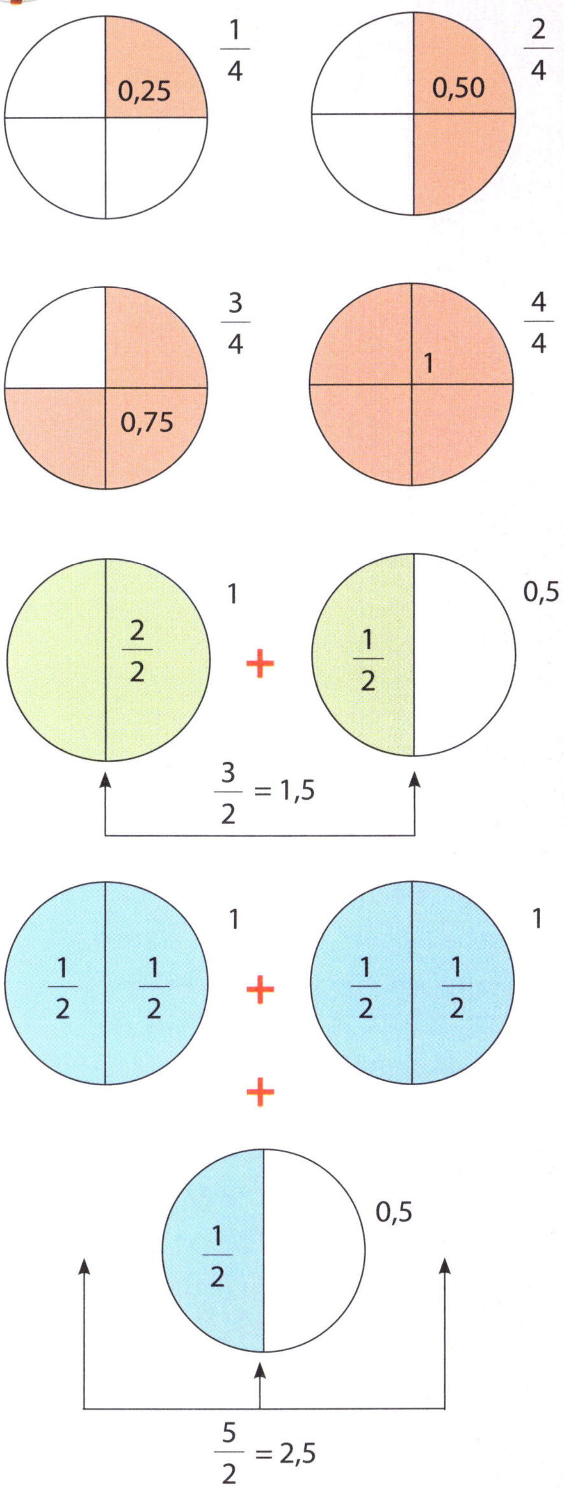

AIDE 19 — La symétrie

Le point B est le symétrique de A et le point C est le symétrique de D par rapport à l'axe d.

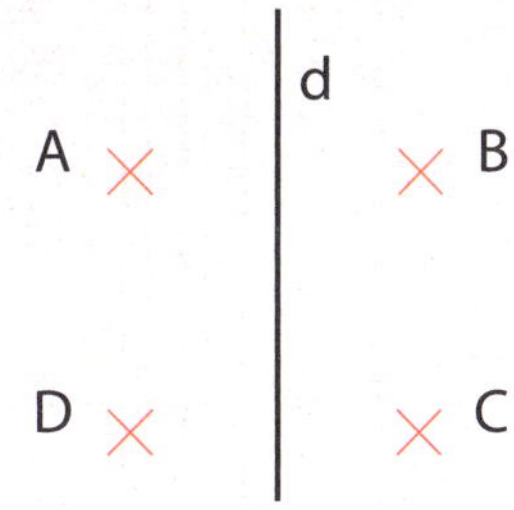

AIDE 20 — Le périmètre et l'aire

- Le périmètre est le contour d'une figure et s'exprime en unités de longueur (m, cm, etc.).

Périmètre du carré :
côté × 4.
Ex. : 3 × 4 = 12 cm

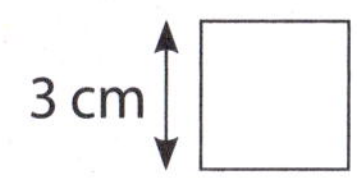

Périmètre du rectangle :
(Longueur + largeur) × 2.
Ex. : (5 + 3) × 2 = 16 cm

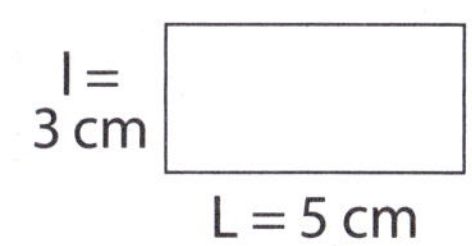

- Une aire est la superficie d'une surface géométrique et s'exprime en unités d'aire (cm^2, m^2, etc.).

Aire du carré : côté × côté.
Ex. : 3 × 3 = 9 cm^2

Aire du rectangle : Longueur × largeur.
Ex. : 3 × 5 = 15 cm^2

km^2	hm^2	dam^2	m^2	dm^2	cm^2	mm^2
	1	23	51 ,	2		
	1	23	51	20	00	
	1	23 ,	51	2		

Toutes ces écritures expriment la même aire : 1 235 120 dm^2 = 123,512 dam^2.

AIDE 21

Les mesures de longueur

km	hm	dam	m	dm	cm	mm
0,	0	0	3			
	0,	0	3			
		0,	3			
			3			
			3	0		
			3	0	0	
			3	0	0	0

Toutes ces écritures expriment la même mesure : 3 m = 3 000 mm = 0,003 km

AIDE 23

Les mesures de contenance

hL	daL	L	dL	cL	mL
0,	0	2			
	0,	2			
		2			
		2	0		
		2	0	0	
		2	0	0	0

Toutes ces écritures expriment la même quantité : 2 L = 2 000 mL = 0,02 hL

AIDE 22

Les mesures de masse

kg	hg	dag	g	dg	cg	mg
0,	0	0	7			
	0,	0	7			
		0,	7			
			7			
			7	0		
			7	0	0	
			7	0	0	0

Toutes ces écritures expriment la même masse : 7 g = 7 000 mg = 0,007 kg

Il existe aussi d'autres unités de mesures de masse : la tonne (t) = 1 000 kg.

AIDE 24

Les mesures de durée

- Le jour se divise en 24 heures (h).
- Une heure compte 60 minutes (min).
- Une minute compte 60 secondes (s).
- Une demi-heure ($\frac{1}{2}$ heure)
  60 : 2 = 30 min
- Un quart d'heure ($\frac{1}{4}$ d'heure)
  60 : 4 = 15 min
- Trois quarts d'heure ($\frac{3}{4}$ d'heure)
  15 × 3 = 45 min

Achevé d'imprimer en Mars 2021 en Italie par Elcograf Dépôt légal : Mai 2021 – Édition 01 18/7125/2